U0107533

越过人生的刀锋

金庸女子图鉴

六神磊磊·读金庸团队 —— 著

中信出版集团 | 北京

图书在版编目（CIP）数据

越过人生的刀锋：金庸女子图鉴 / 六神磊磊·读金
庸团队著 . -- 北京：中信出版社，2022.8（2022.9重印）
ISBN 978-7-5217-4451-4

Ⅰ . ①越… Ⅱ . ①六… Ⅲ . ①散文集－中国－当代
Ⅳ . ① I267

中国版本图书馆 CIP 数据核字 (2022) 第 089250 号

越过人生的刀锋——金庸女子图鉴
著者： 六神磊磊·读金庸团队
插画： 村儿猫
出版发行：中信出版集团股份有限公司
　　　　（北京市朝阳区惠新东街甲 4 号富盛大厦 2 座　邮编　100029）
承印者：北京尚唐印刷包装有限公司

开本：880mm×1230mm　1/32　　印张：11.5　　　字数：200 千字
版次：2022 年 8 月第 1 版　　　印次：2022 年 9 月第 4 次印刷
书号：ISBN 978-7-5217-4451-4
定价：88.00 元

◇ 目录 ◇

越过人生的刀锋

这其实是一本关于成长的书。

人的成长，无非就是学会面对三样东西：面对诱惑，面对委屈，面对执念。

男性和女性都是一样的。毛姆说，一把刀的锋刃总是难以越过。而这些就是人生的刀锋。

哪怕是再聪明机智的个体，也可能在其中某一项上倒下。金庸小说里的人就是这样。

康敏无法面对诱惑，权力的诱惑、被爱的诱惑，所以她变得贪婪，最后不择手段。

李莫愁无法面对委屈，于是过度地报复，到处去杀戮，不明是非。

灭绝师太无法面对执念，固执地相信绝对的善和恶，非黑即白，所以不可理喻。

面对凛冽的刀锋，作为脆弱而又充满欲望的凡人，该如何越过？我觉得有一个词很好：温柔。

这是一个经常被误解的词。很久以来，总有人爱说女性要温柔，因而遭到不少非议——凭什么女性就要谨小慎微，低三下四？

事实上，真正的温柔不是对他人的，而是对自己的。当面对诱惑、面对委屈、面对执念的时候，我们都需要对自己温柔。

你可以炽热地去追求，但要温柔地控制好脚步；你可以强烈地去控诉，但不妨温柔地呵护自己的内心；你也可以果断地拒绝与放下，但不妨温柔地说声再见。

欲望会让世界前进，而温柔的力量让世界可爱。

我个人的主要工作，就是解读金庸的武侠小说。他的书中有几百个女性，其中性格鲜明的精彩人物，少说也有几十个，如"马疾香幽"的木婉清，"玉树琼苞堆雪，冷浸溶溶月"的小龙女，"紫衫如花，长剑胜雪"的黛绮丝，"同一笑，到头万事俱空"的李秋水和天山童姥……

每一个金庸笔下的女性，都有成长的悲欢故事，都有她们各自人生的刀锋，让我们回味不尽。

郭襄到底有没有"误终身"？

岳灵珊为什么如此柔弱而长不大？

戚芳救丈夫为什么错了，为什么说不要给烂人捅你最后一刀的机会？

　　对此，我都会作为一个观察者，给出个人的解读。

　　在我们古代的文学名著里，女性角色是很少的。"四大名著"里只有一本是认真写了女性的，另外三本都是基本只讲男性，女性基本是陪衬或者"工具人"。

　　但一个有趣的现象是，在我们古代的武侠故事里，女性的比例却明显多不少。

　　任渭长在《三十三剑客图》里，选了三十三个古代剑侠，里面有十个女性，这些剑侠里最知名的也基本是女性，比如赵处女、红线、聂隐娘、荆十三娘。

　　为什么会出现这种侠女很多的有趣现象？可能是女性爱憎分明，更有"侠"的色彩和胆气。

　　希望这一册《越过人生的刀锋——金庸女子图鉴》，既能让你我品味经典武侠文学的魅力，也能使大家体会江湖侠女的风采，同时还是一次对人生、成长的共同启示。

南 兰

每个人都很孤独。在我们的一生中，遇到爱、
遇到性，都不稀罕，稀罕的是遇到了解

◇ 小心让你特别舒适的人 ◇

如果一个人让你绝对地舒服，事事都说到你心坎儿里，处处都迎合你的心意，那很大可能是他在"降维"勾引你，对你另有所图。

金庸写的女人中，有一个是中了"杀猪盘"的，叫南兰。

南兰是《雪山飞狐》里大侠苗人凤的妻子，由于对婚姻不满，觉得和老公没共同语言，便同另一个男人田归农私奔，结果中了套，后来的丈夫纯粹是利用她的感情来骗宝藏。南兰的人生终以悲剧收场。

对婚姻不满，可以理解。知名作家、编剧廖一梅写过一句著名的台词："每个人都很孤独。在我们的一生中，遇到爱、遇到性，都不稀罕，稀罕的是遇到了解。"南兰觉得和苗人凤在一起没有爱，也没有性，了解也一般，后来来了一个田归农，居然事事都称自己的心，当然就想跑。

问题是，事事都称你的心，自己想什么对方就来什么，那踩雷的概率就大了。

有家、有儿女的人要干私奔这种事，是要先撕碎自己的。南兰与人私奔，奔得猛烈，奔得不管不顾。当时的情景让人心酸：大雨夜在商家堡，丈夫抱着女儿追来，小女孩大声哭着让妈妈抱，南兰却狠起心肠不理——幸福和女儿，我选幸福，一旦抱了女儿，幸福就没了。

在道德层面上，骂她两句容易。但金庸先生的这本书并不想只囿于道德站位，而是要更多地讲利害。南兰的选择能让她追求到她所认为的爱情吗？不能，因为在两性关系里，有的事不是靠换人能解决的。

下面来说一下她的根本问题出在哪里。

南兰是个官家小姐，父亲是一个中下层的官僚。因为一场意外，巧合之下她嫁给了大侠苗人凤。

嫁入苗家后，南兰对婚姻日益不满，总觉得苗人凤沉闷无趣，觉得很苦闷。在她眼里，丈夫虽然是天下第一大侠，但是木讷内向，只酷爱练功，夫妻间没有共同语言，根本没话说。

这里就有个问题了，苗人凤是不是真的见了谁都没话说呢？并不是。

他见到胡一刀就能把酒言欢、口若悬河，哪怕是对着异性胡夫人，也能聊得很投契、长谈忘倦。后来遇见年轻一辈的程灵素、胡斐等小朋友，他也可以迅速与之结成忘年之交，大家很谈得来。

和这些人在一起，苗人凤怎么就变得有话说了，也很有魅力了？怎么唯独就对南兰没有太多话说，也显得沉闷死板、毫无魅力？原因何在？说穿了，是夫妻俩完全不相当，不在一个层次。

苗人凤是藏着前朝大秘密的江湖大佬，业务上精强，智谋上细密，眼光又高，阅历极丰富。相比之下，南兰只是一个普通官僚家的小姐，嫁人之前大门不出、二门不迈，年纪很轻，阅历也浅，估计也没有太多文化，放在芸芸众生中虽然算不得弱，但放在苗人凤身边就成了"无知少女"，见识和段位差很远。你得承认这种差距。

两性关系之中，"没话说"的原因也各有不同。有一些隔阂很容易被混淆为性格问题，仿佛是对方内向孤僻所致，但事实上，未必真是什么性格问题，而是层次问题。

即便换了最能说会道的杨过、令狐冲来娶南兰，怕是也照样没话说。试想，三十六岁之后戴着面具横行天下的"神雕侠"，对少女南兰能有什么话说？照样没话说。

发现没，杨过对郭襄也没有太多话说，他们也聊不到一起。

说得直接和残忍一点，南兰认为生活"无趣"，在某种程度上不是生活无趣，而是自己无趣，就像陀思妥耶夫斯基说的，生活只有在无趣的人眼中才是无趣的。

南兰不愿忍了，要追求爱情。她的办法是"换人"，相中了另外一个人——田归农。

相识之初，她觉得田归农和苗人凤完全相反，他是那么英俊风趣、善解人意，没一句话不讨人欢喜，没一个眼色不勾人，让人想起了就会眼热心跳。

那么，田归农是何许人也？是天龙门掌门，也是个武林大豪，并且城府极深、野心很大。南兰和苗人凤没有共同语言，怎么和田归农忽然就有共同语言了？田归农拼命做小伏低讨好她，这正常吗？

这就牵涉到情感江湖中一个常见的危险陷阱——如果一个人跟你聊天，让你特别舒服，事事都说到你的心坎儿里，句句都特别顺你的心意，那么很大可能不是你遇到了知音，而是他刻意在"降维"勾引你，对你另有所图。

一个有主见的人必然有其原则与坚持，不可能事事逢迎、事事迁就他人，除非他另有目的。事出反常必有妖。

随后发生的事很快证明了这一点。南兰陷溺进去了，完全沉浸在"灵肉双修"的喜悦中，抛夫弃女出走，却很快意识到田归农是刻意勾引，图谋的是苗家一个关于宝藏的秘密。他与南兰的"情投意合"、那些"说不完的话"，就是一个降维打击的"杀猪盘"。

假把戏终究是要被戳穿的。之前人家刻意降低了的维度，也终究是要升回去的。新生活开始后，南兰发现田归农不再"风趣"，也不再"善解人意"了，和自己也没了说不完的话，而是迅速开始疏远自己。他倒是不像苗人凤一样只努力练功，而是埋头去了江湖上种种合纵连横、阴谋诡计之中，变成了另一个更阴森版的苗人凤。南兰绕了一大圈，付出了巨大的牺牲，背负了沉重的道德代价，牺牲了名誉，抛下了孩子，结果比原点还不如。

回到之前的话题：南兰的婚姻困境，该怎么破？真正管用的是两条路：提升自己，开阔一下眼界，增长阅历知识，争取和苗人凤说得上话；或者也可以"换人"，那就换一个和自己对等的人，比如嫁个普通乡绅、不学武的，大家在一个圈子、有同一种价值观，更能聊到一起，不能换田归农这样野心勃勃的江湖大佬。

对激情这玩意，得有个正确认识。有部老电影叫《廊桥遗梦》，讲的也是个已婚女人遇到"真爱"的故事。影片中的男主角倒是真心实意，不像田归农别有用心，但女主激情过后，还是选择留在家里，不跟他走。很多人看后一片感动，说女主对家庭的责任心很强，不愿意为了私欲而摧毁家人的幸福。倒也是这个理儿。

　　但是我私心里更认为，女主是个明白人，明白激情易碎。她很清楚，自己跟男主的相处为什么愉快。除了两人真正投契，还有环境的加持，孩子们都不在，没了日常生活里的辛苦，在生活的休止符上写出一点动人旋律，很浪漫，但也很短暂。跟着男主走，激情过后，会重新面临生活的鸡零狗碎，还不如在回忆里保持美好。相逢有爱，后会无期，既然殊途同归，又何必伤筋动骨呢？

田 青 文

人不能改变身世，但多多少少可以选择命运，
逃离黑暗

◇ 抵御"做坏人"的乐趣 ◇

假如原生家庭特别糟糕，身边的亲人特别坏，要果断地斩断、逃离，千万不要和他们扭打在一起。扭打多了，打出"乐趣"来了，就走不出来了。

做坏人，有时候是有"乐趣"的。男人做坏人固然有"乐趣"，女人做坏人也有"乐趣"。

尤其是一些人原生家庭不好，成长环境很恶劣，甚至是生在了坏人堆里，身边家人、亲戚都行径不堪，个个都爱使坏，这时候她想做好人会分外地累，而做一个坏人会分外地容易和顺滑。

金庸的《雪山飞狐》里就有这样一个女人——田青文。她就是一个原生家庭环境不好、身边都是坏人的典型。

　　田青文生在一个极其糟糕的原生家庭。这里所谓的"糟糕"倒不是物质上的，她在物质上很丰裕。父亲田归农是武林大佬，家中只此一女，身世娇贵，追求者众多。从她的外号"锦毛貂"，就能窥见这个大小姐所受的追捧与荣宠。从某种程度上说，她的出身有点像低配版的郭芙。

　　然而，她的家庭又实在很恶劣，貌似什么都不缺，唯独缺一样最要紧的，那便是爱。她家里只有冷酷、危险、变态，没有爱和温暖。

　　她父亲田归农是一个阴谋家，整天琢磨的就是害人、夺宝，没有心思教育和陪伴女儿。田青文的母亲早亡，家里仅有一个年轻貌美的继母。这个继母是与父亲私奔来的，抛夫弃女来到田家，连年幼的亲生女儿都能不要了，对待田青文这个继女肯定也没有什么爱和关怀。

　　所以田青文既无父爱，也无母爱，和郭芙相比，成长环境可谓天壤悬隔。

　　田家的人不只是凉薄，还特别阴险，整日互相算计和利用。师兄弟之间也是尔虞我诈，诡计百出。不夸张地说，一到夜深人静，田家的后院就热闹起来，人人都变成蒙面人出来活动了，埋宝藏的、埋死人的，人来人往。这就是田青文的生活环境。

今天，在现实生活中，大多数家庭固然都是安稳幸福的，但不幸的家庭仍然存在。不少女生仍然面临"田青文式"困境，家里没有爱，充斥着自私、隔阂、冷漠、算计。

比如：有的父母短视、暴躁、偏心，摧残孩子的身心；有的兄弟对姐姐或妹妹没有爱，只会无休止地榨取和索求；有的亲戚自私，不懂得互爱互助，只会蝇营狗苟地算计，互相攻讦。这种种家庭都会成为一个个"小田青文"的痛苦之源。

这样的环境下，当务之急是什么？没别的，一个字：逃。或者说，突围，寻求自我救赎。

任何一个女性，渐渐长大之后，第一要务就是学会审视自己的环境，判断自己的处境：这里有没有爱？这里会温暖我还是摧残我？倘若答案是否定的，那么便要果断地开始计划自我救赎。人不能改变身世，但多多少少可以选择命运，逃离黑暗。黑窟窿是填不满的，恶劣的人性也是改变不了的，倘若不幸为田青文，只能果断地和泥淖切割。

然而，逃离是要勇气的，也有风险的。相比之下，另一种选择显得更轻松、更容易，甚至更诱人，那就是随波逐流。

身边人都粗鄙，你也就跟着粗鄙；身边人都短视算计，你也就短视算计；身边都是坏人，你也就选择做坏人，非但不逃，还主动融入，与他们扭打成一片，肉搏到一起，变成黑暗的一部分。

　　田青文就随波逐流了。周围的环境坏，她也就跟着坏。

　　她的私生活很混乱，又不会爱惜自己。明明已经定了亲，有了未婚夫，又和师兄私通，还怀孕了。怀孕就怀孕吧，为防事情外泄，她居然上演人伦惨剧，亲手把婴儿杀了，埋在后院灭迹。

　　这个原生家庭里的一切病症，短视、冷漠、残忍、自私，她照单全收，彻头彻尾地融入了黑暗。

　　前文说了，做坏人是有"乐趣"的，包括做坏女人。试想：生活在这样一个家庭里，到底是睚眦必报更有乐趣，还是远离纷争更有乐趣？搞不好是前者，因为更痛快；到底是生活混乱更有乐趣，还是洁身自好更有乐趣？搞不好也是前者，因为更刺激。

　　甚至于果断地弄死孩子、杀婴灭迹，也比更人性、人道的方式来得"干净利索"。试想，假如把孩子生下来，善待之、哺育之，那得付出多少辛苦？背负多少骂名？没有孩子，她可以继续在家里做"锦毛貂"，岂不是更有"乐趣"？

　　罪恶是会吞噬人的，会让人泥足深陷。越是沉溺在这种便利和乐趣里，就会和这种黑暗粘连得越紧、越胶着，就越无法摆脱，越难以救赎，路就越走越窄，越无法奔向新生命。

　　田青文的路就越走越窄，环境越来越逼仄。她就一点一点地被缠住了、套牢了。平庸而蠢蠢的师兄曹云奇黏上了她，她无法摆脱；狡黠的师兄弟又掌握了她杀婴的罪证，她受制于人；自家门派也越来越混乱，成员们互相倾轧，她的处境更加恶劣。

到最后，她似乎想到要自我救赎了，想要嫁出去、跑掉，然而为时已晚，她的一切行径和罪证都被揭发，落得个身败名裂。终于，她青春早夭，在一次追逐宝藏的过程中身亡。

自我救赎，是有窗口期的。耽误得太久了，和罪恶扭打得多了，就会变成罪恶的一部分，就跑不掉了。

郭襄

人生一旦活得够宽，面前的海岸线够长，
就不容易把自己困死在沙滩上

◇ 有种爱叫我望着你，你望着远方 ◇

你永远奔驰在轮回的悲剧中，一路扬着朝圣的长旗。

金庸小说里有个著名的故事：一个叫无崖子的男人，疯狂地爱上了自己雕的一座玉像，恨不得直接把它当媳妇。

据说，这属于西方性心理学中的"雕像恋"，又名"皮格马利翁现象"，这位"姓皮"的是古希腊塞浦路斯的国王，也是一位雕塑家，某天雕好了一个女像之后竟爱上了它，不能自拔。

郭襄，在某种意义上就是另一个无崖子；而杨过，就是郭襄爱上的玉像。

打造这具玉像的就是郭襄自己。在风陵渡口，当第一次听人鼓吹杨过的神迹时，她举起了意念的刻刀。几个时辰之后，当杨过摘下人皮面具对她露出真容时，她完成了这具作品。

很容易理解的一点是：玉像往往都是完美的。它可以拥有九头身、黄金分割、完美比例，让毕达哥拉斯都挑不出毛病来。而且，雕像中尤其以断臂的最厉害。

郭襄雕塑出的玉像杨过就是这般：英雄事迹，男神相貌，厉害武功，传奇经历，还断臂。

杨过本人远远不是一个完美的人。他身上有过许多和郭襄脾胃相左的毛病。童年创伤和底层生活经历，使他自尊心过强、敏感、多疑，看似很叛逆，不在乎世俗眼光，但其实特别在意别人的评价。

少年的杨过并不是一个好伴侣，而是一个让人略感窒息和压抑的人，除了高颜值和一些小浪漫，似乎没有多少可取之处。按道理说，郭襄不会喜欢这样的人。你无法想象她厮守着一个敏感、多疑，有着浓浓底层气质的人，处处得顾及他的自尊，还过得很快乐。

然而，郭襄眼里的杨过是一尊雕像。雕像是没有成长经历的。一个人，哪怕磨砺得再完善，相处久了也会发现他的成长痕迹，而雕像没有。

雕像没有少年创伤，没有底层烙印，没有一点补过胎、做过漆、矫正过大梁、更换过总成的痕迹，仿佛一生下来就这么完美，连个出厂的印记都没有。你很容易就迷恋上它，因为它没毛病。

这就是为什么郭襄对杨过的感情和程英、陆无双、公孙绿萼等都不一样。这些姑娘对杨过，更多的是对异性的单纯爱慕。而郭襄对杨过，更多了一种崇拜，一种对宏伟雕像的崇拜。

和杨过失联后，她立刻表现得像一个失去了偶像的信徒，踏遍万水千山也要把他找到。

后来，她给徒弟取名风陵师太，她的剑法叫"黑沼灵狐"，都和杨过有关。这不仅仅是怀念，还是布道——我的神已经沉寂，我的雕像已经遗失，但我的爱和信仰不熄；作为先知和唯一的信徒，我还要继续布道。

而且，让郭襄痴迷的仅仅是"雕像般的完美"吗？还不完全是。杨过对于她，还有另一个极其类似雕塑的特征——不管你怎么痴痴地望着它，它总是望着远方。

> 海边有一位断了臂的相公，带了一头大怪鸟，呆呆地望着海潮，一连数天都如是。
>
> ……
>
> 神雕侠说道："我的结发妻子在大海彼岸，不能相见。"

这是对郭襄更致命的诱惑。

她在十六年少女经历中，从来没有见过这么浓烈、这么狂热的思念。

她是见过那种特别典范、特别五好家庭式的大团圆的爱的。她的父母——郭靖和黄蓉的爱情和婚姻是完满的，他们的爱让所到之处都闪烁着圣光。但是无论郭靖还是黄蓉，从来不用望着远方。

她的姐姐和姐夫——郭芙和耶律齐，拥有另一种和谐的婚姻，男方完全包容刁蛮肤浅的女方。他们更不用望着远方。

在郭襄的经历中，两口子再好，还能好过自己的爹妈吗？不就是举案齐眉吗？不就是夫唱妇随吗？十六年来，她从来不知道有一种爱，叫作"大海彼岸，不能相见"。

直到杨过如雕像般轰然出现。他用一个远眺大海的恒定姿态，向郭襄普及了爱情范式的多样性：在憨厚族长郭靖的暖男式爱情之外，还有霸道总裁杨过的绝望、期盼、苦涩、痴狂。

她就像一个伊甸园里的孩子，突然见到了火；一个吃甜点长大的孩子，忽然尝到了辛辣。她义无反顾投身进去，就像后来在断肠崖上那样，"双足一蹬，跟着也跃入了深谷"。

从此，郭襄望着杨过，杨过望着远方，这个姿势再没有变过，直到他们各自生命的最后。

一个人痴狂地思念结发妻子，为什么反而打动了少女之心，在《神雕侠侣》全书里，只有黄蓉隐约想到了这个道理：

> 杨过这厮……越是跟襄儿说不忘旧情，襄儿越会觉得他是个深情可敬之人，对他更为倾心。

在现实中，很多中年流氓泡妞，动不动上来就编排家庭不好、夫妻不和、没共同语言、灵魂感到孤独云云。然后，他们会低头作痛苦抽噎状，仿佛人生因缺爱而无比灰暗，其实暗暗蓄劲，等单纯的姑娘稍露同情之色，就将湿腻的双手一把攥去："你才是我的大救星……"

老用这种招儿，其实没多大意思。不如学学杨过，用那被酒色熏黄的眸子，痴狂地望向远方："我的结发妻子在大海彼岸，不能相见。"

这是险招儿。对方也许一听就默默退却了，但不排除她也许就陷入"郭襄困局"：你越望着远方，我越望着你。谁知道呢！

杨过当然没有这样险恶的心思。他再没有让郭襄找到，有可能是为了逃避。

余光中有一首写给哈雷彗星的诗《欢呼哈雷》，诗中有这么一句：

你永远奔驰在轮回的悲剧，一路扬着朝圣的长旗。

但杨过不知道，逃避是不能缓解郭襄的痛苦的。这个世界上，有无数种办法可以逃避情人的苦恋，但是没有一种神可以逃避虔诚的信徒。

◇ 深情之人要活出宽度 ◇

如果你是一个用情很深的人，比如郭襄这样的，人生就越需要有更多的出口，要能找到更多的意义，才有回旋的余地，就不会把自己困死在沙堆上。

郭襄是一个深情之人。什么叫深情之人？就是对感情总容易投入很多的人。人和人是不一样的，对待感情的态度和习惯也不一样。有的人经历感情的时候容易陷得深，就好像大船吃水深一样。与之相反，有的人可能就陷得浅。

李敖写过一首小诗："不爱那么多，只爱一点点，别人的爱情像海深，我的爱情浅。"持这种态度的就是浅情之人，或者说是薄情之人。注意，这里所说的"薄情"是中性词，不带贬义的，并不是批判，只是说人对待感情的习惯不一样，有人"吃"感情吃得深，有人就吃得浅。

金庸小说里有很多所谓"浅情之人"，男性像欧阳锋、杨康等等，女性则比如郭芙、阿珂等等，他们的爱情体验就属于很浅的。

你看，欧阳锋有一个情人，便是他嫂子。他对嫂子谈不上有多深的感情，更看重的是武功和功业，对感情上的追求不是很强烈。杨康也是一个"浅情之人"，他的确有些喜欢穆念慈，但这在他的人生追求里并不是特别重要，对他而言，身家事业、追求发达显赫重要得多。

郭芙也有这种"浅情"的特征。她认为自己爱杨过，也爱耶律齐，甚至对大武、小武兄弟也都动过心。她每一次的恋爱体验都不大深。《鹿鼎记》里的阿珂更是如此，她并不爱韦小宝。当初，她讨厌韦小宝、愿意跟着郑克爽，是一种现实选择，后来离开郑克爽、跟了韦小宝，也是一种现实选择。

浅情之人动感情，类似于游泳，一般来说都可以比较自如地划水，可以换气，可以抽身上岸，一个小小的泳池是绊不住他们的。而所谓深情之人的感情则不一样，他们动情不像游泳，而像跳水，动辄就是从十米高台跳下去，容易彻彻底底把自己交代出去，并且陷进感情里之后也不太容易抽身。

金庸笔下的女性，像殷素素、阿紫、郭襄、梅芳姑都是这样的人。

深情之人还有个问题，就是感情一旦失败，往往人生就随之溃败了，生命容易变得失去质量。金庸笔下有一个女性叫梅芳姑，她喜欢一个叫石清的人，可是石清不喜欢她，和别人结婚生子了。梅芳姑从此十几年过得浑浑噩噩，还把石清的孩子抢了过来作为报复。可问题是，自己拿这个孩子也不知怎么办好，只能稀里糊涂地养下来，不明不白地当了这么个妈，每天陷在怨恨里，自己的人生完全毁掉。

另一个女人李莫愁也是，初恋情人没有选择她，她就陷入了痛苦、怨恨之中，人生后半场过得毫无质量。这些人都是陷入感情太深了，吃水太深了，还没来得及换气，转眼间水就淹过了头顶，稍不留神就溺毙了。她们的人生从第一场痛哭之后就完蛋了。

然而，在这许许多多的深情之人里，郭襄是个不一样的。

她是不是个深情之人？是的。郭襄是一个天生灵敏而细腻的人，对于杨过简直不是十米高台跳水，而是百米高台跳水、悬崖跳水，一片深情。然而和李莫愁、梅芳姑等人不一样的是，郭襄的人生并没溃败，甚至变得更加精彩。

有这样一句话，"风陵渡口初相遇，一见杨过误终身"，意思是说就因为见了杨过，一辈子搭进去了。但我认为这句话要具体分析，什么叫"误终身"？倘若只是说耽误了终身大事，耽误了恋爱结婚，那这句话没错；但如果说郭襄的人生被毁了，生命的质量和意义被毁了，我觉得根本没有，这并不成立。

你看郭襄满世界遍寻不见杨过，惆怅不惆怅？当然是惆怅的，我们读者对此也充满同情。但问题是，你同时看看她潇洒不潇洒？我瞧着很潇洒。她一个人，骑着青驴，带着短剑，踏遍千山万水，去了山西的风陵渡，去了陕西的终南山，去了河南的少林寺，还去了隐秘的绝情谷、万花坳，兴之所至，就是身之所至，你能说这样的人生不精彩吗？

不但这样，郭襄还认识了不少有趣、好玩的朋友，结交了各种奇人异士。去少林寺的途中，她邂逅了何足道，这个人被称为"昆仑三圣"，有弹琴、击剑、下棋三样绝技，是个特别有趣的人。她还碰到了少年时期的张君宝、少林寺的无色禅师等等，这些人也都是新鲜有趣的人。

郭襄还和他们一起经历了许许多多好玩，甚至惊心动魄的事情。比如：跟何足道谈琴、论剑，和张君宝一起大闹少林寺，还听觉远大师传授《九阳真经》。这些经历，放在任何一个人身上都是不可多得的奇遇，是足可以回味一生的事情。你说，郭襄这些经历精不精彩？十分精彩。她一点都没牺牲生命的质量。

　　郭襄后来的人生又怎么样了呢？她出家了，开宗立派，在四十岁的时候创建了峨眉派，成为一代宗师。峨眉派短短几十年就蜚声江湖，跟少林、武当等并列。她还亲自创制了许多门武功，这些武功都是享誉江湖、流传后世的。对于一个习武之人来说，这已经可以说是很顶级的成就了。

　　一味总拿一个"情"字去怜悯郭襄，事实上是小看她了。她的一辈子简直活出了不少人十辈子的精彩。

　　为什么会这样呢？何以同样是深情之人，别人高台跳水就溺毙了，比如李莫愁、阿紫等，而郭襄悬崖跳水却能跳出精彩来？这就是开头说的，郭襄的生命有宽度。

　　一般来说，越是深情之人，就越容易受到感情的反噬，受伤之后的回血能力就越差。相应地，越是这种人，人生就需要有更多的出口，找到更多的意义，这样才有回旋的余地——人生一旦活得够宽，面前的海岸线够长，就不容易把自己困死在沙滩上。

　　郭襄就是这样。在她的人生里，家人、朋友、事业、奇遇、体验，共同构成了人生的宽度。就譬如一位大将军，十面出击，"情"这一路上固然是碰壁了，固然是溃不成军、丢盔弃甲，但其余九路照样可以开疆拓土。

　　相比之下，李莫愁就不行了，除了感情，她的生命里别的东西一概没有，活得很窄，遇到一次恋爱不成功，就受重伤，又无法回血，最后就只有自怨自艾、喋喋不休，等于别人一个圈扔过来就把自己套死了。

虽然我的主要工作是解读金庸的小说，但我还有另一项工作，就是给孩子们讲解唐诗。你会发现，这些道理放到诗人的身上也是一样的，越是深情之人就越要活出宽度。

比如杜甫和孟郊，这两个唐代大诗人同样是深情之人，两人的遭际也很类似，同样的贫穷、考试不第、生活潦倒，而且也都经历了丧子之痛。他们二人的痛苦是相当的。可是，你总能感觉杜甫活得更"宽"，生命的内容更大，写的诗内容也大，而孟郊的精神状态就差很多，写的诗也逼仄很多。

又比如苏轼和宋之问，一个宋代词人，一个唐代诗人，两个人都官场失意、被贬谪流放，可是他们的差距更大了，苏轼活得远远比宋之问"宽"，生命更精彩，气场更强大。宋之问被贬谪之后写诗就只有一个题材了，就是自怜自伤，而苏轼还可以写千山万水、气象万千，还透出一分写意、潇洒、旷达。这就是所谓的人生要有宽度。

由此来看，如果一个人活得很"窄"，活不出足够的宽度，那么与其深情，还不如薄情，别太敏感，就像李敖说的"不爱那么多、只爱一点点"就好。否则，多半要沦为一个自怜自伤、喋喋不休的人，凡事都想不开，出去相亲，对方瞪他一眼，他就想不开气死了。

黄蓉

两人婚姻幸福的关键不在于郭靖，而在于黄蓉。
黄蓉的情商和能力，决定了这桩婚姻的上限

◇ 多数的黄蓉、郭靖都不会相遇 ◇

更真实的版本可能是：郭靖和黄蓉，顺理成章地在张家口没能遇见，擦身而过、渐行渐远。然后，郭靖还是娶了华筝，黄蓉还是嫁给了欧阳克。

人慢慢长大了，对人生情感的看法就会变。

可能所有看过一点点《射雕英雄传》的人都知道一个故事：郭靖从蒙古南下，在张家口遇见了小叫花黄蓉，一顿大吃大喝后，两颗心从此贴在了一起。

小时候读到这些故事，认为顺理成章、理所当然。年轻，就愿意相信奇遇，相信巧合，相信天意良善，总会让美好而又同质的东西相遇。郭靖当然会遇到黄蓉，黄蓉也当然会遇到郭靖。他们都那么好，那么纯真，这样的人肯定会等到彼此，必然，无疑。

可是慢慢长大，离合聚散看得多了，再翻到张家口那一段故事，才忽然明白：这两个年轻人真是太幸运！凭什么郭靖就一定遇到黄蓉呢？反过来，凭什么黄蓉就一定遇到郭靖呢？

单纯是容易的，合适也是容易的，难的是什么？是能够遇见。人烟凑集的张家口，不知道有多少郭靖、黄蓉错过了彼此。

黄蓉打扮成小叫花，不偏不倚恰好一头撞进了郭靖的小店，惊喜地发现这就是自己要找的人，这根本不是人生的常态，只是人生的意外。最常见的人生是什么？是郭靖终于回到蒙古，娶了华筝，而黄蓉在家长的主持下，最后嫁了欧阳克。这才是大多数人的人生。

试想那一年，郭靖牵着红马，暂别了草原，迤逦南下。黄蓉也离开了东海，蹦蹦跳跳，一路北上。

南下的少年极其单纯，像草原一样质朴、粗犷。北上的少女机灵敏锐，同时又好奇心浓厚、懵懂天真。

彼时彼刻，他们都是那个凶险、油腻的江湖上最稀罕的存在。在那个江湖上，欧阳克、沙通天、彭连虎乃至完颜康之类才是多数，不管中年还是少年，早就被狡黠的世界污染了。上哪里去找郭靖、黄蓉这样十几年都只待在原生的草原、海岛，对人性还存着美好幻想和坚持的人呢？

自从踏入江湖的第一步，郭靖和黄蓉对于喜欢什么样的人就都是很坚定的。

郭靖明确地知道自己不喜欢华筝，毫无动摇，哪怕娶了她便可以做"金刀驸马"。

而相比之下，早熟的同龄人杨康早已懂得了婚姻的价值，绝不能"娶这种江湖上低三下四的女子"，要"择一门显贵的亲事"。杨康还经常哀叹可惜自家是宗室，也姓完颜，娶不了公主，做不成驸马爷。

两相印照，一个多么简单幼稚，一个多么老练成熟！

黄蓉也是有自己明确的坚持的。她是"所历厌机巧"，从小到大身边的人精太多，她就明确地不喜欢矫饰、沾沾自喜的人精，而是喜欢质朴厚重者。

在遇到滑头杨康、欧阳克，甚至下一辈的小滑头杨过时，黄蓉的第一反应都是不喜欢。

按照我们的理解，一棵树只要坚持，终究会遇到另一棵树。一个单纯的人只要坚持，终究会觅到另一个单纯的人。

可事实上更大的可能是，自从踏入江湖的第一步起，眼前的现实就会不断地侵蚀你、摧残你、游说你。

你想坚持等待另一棵树，却只看见无尽的茫茫原野。无数次给自己打气，无数次给自己信心，多数结局只是徒然无果，现实的力量却如同斧锯。

　　于是，更真实的版本上演了：郭靖和黄蓉，顺理成章地在张家口没能遇见，擦身而过，渐行渐远。

　　郭靖也像小说里对待黄蓉一样，慷慨地请别人吃了几次饭，也给别人送了金子、红马，却被认为是人傻钱多、移动提款机。

　　黄蓉也尝试投身了几段感情，终究索然无味，甚至碰了一头包，被搞得一身创伤。

　　他们最初的单纯和一厢情愿都被慢慢洗去了。郭靖学会了提防，黄蓉学会了将就。

　　终于，两人都熬到了等待的极限，到了旅程的折返点，身心俱疲，不想再走下去了。于是，这边拖雷对郭靖说：娶我妹子吧，安答！黄药师也对黄蓉说：别再乱跑了，爹给你安排了亲事。

　　你猜他俩会怎样？大概就是慢慢躺平，麻木地点头。

　　于是，两场婚礼同时上演了。这边草原上号角齐鸣，贺客不住地围着郭靖和华筝称赞：男儿雄健、女儿英武，好一对大漠上的雕儿！

　　那边海岛上丝竹悦耳，嘉宾纷纷颔首：东邪西毒缔结儿女姻亲，美谈！美谈！

　　在旁边，则是铁木真、拖雷、哲别、黄药师、欧阳锋们欣慰而又满意的笑容，仿佛这场婚礼是为他们办的。

此后绵长的岁月里，郭靖、黄蓉各自过着自己的生活。偶尔地，当风吹草低的时候，郭靖心中会划过一丝怅惘。现实并没有什么不好，他怅惘什么呢？他自己也不知道。

黄蓉也会不时地愤懑，在海边独坐，为欧阳克的风流无行而烦恼，但转念又会告诉自己，男人嘛，都是这样，看开一点就好啦。

再没有了什么《射雕英雄传》，而是像你、我这样的绝大多数人一样，终究会活成另一本小说，路遥的《人生》。

幸运的是，金庸仁慈温厚，相信奇遇，不忍心让两人各自孤寂凋零。他用金手指拨弄了命运的指针，造就了万中无一的故事，使他们相遇。

于是，小叫花黄蓉准时准点来到张家口，穿越了熙熙攘攘的人群，不偏不倚一头撞进了郭靖的酒店。两个最合适的人相互看见了，一棵坚持的树找到了另一棵树。这是奇遇。

而剩下的更多人，则是一边欣赏、感动地抹着泪，另一边仍然要鼓足勇气，去面对自己的人生。没有奇遇的生活，也要振作精神去过。

◇ 老公家的讨厌侄子 ◇

家庭生活中，小气的人和大气的人，气质不好的人和气质好的人，主要区别在哪里？答案就是：一个总是爱做情绪的加法，另一个总是能做情绪的减法。

黄蓉嫁人生子之后，很多读者都反感、讨厌起她来，觉得她自私、计较，对小杨过不好。

然而，黄蓉对小杨过是不是真的不好？到底有多不好？很少人去实事求是地分析。我要说，黄蓉对杨过固然有不当之处，但并不是统统不好。相反，在一些事情的处理上，黄蓉做得反而很到位，甚至还可圈可点，体现了一个大家闺秀的基本水准，不但不该黑，反而应该被当作正面教材。一般人也许还赶不上她。

让我们回到一切的起点：杨过对于黄蓉来说是什么人？

是郭靖的结拜兄弟杨康的儿子，换句话讲，就是丈夫的干侄儿。这孩子从小流落江湖，沦为乞丐，后来被郭靖接到桃花岛来生活。

然而，这孩子刚来到桃花岛上没几天，就干了一件事：把郭芙打了。因为斗蟋蟀，双方起了争执，郭芙踩死了杨过的蟋蟀，杨过便抽了郭芙一耳光。

是这么打的："杨过又惊又怒……反手一掌，重重打了她个耳光。"打得很重，下手挺狠，郭芙被打得"半边脸颊红肿"，确实不轻。

你如果是站在读者和观众的角度，多半会向着杨过，觉得郭芙那么任性，小公主脾气，该被打，打得好。

注意，这是你的视角，不是一个母亲的视角。倘若站在当妈的黄蓉的角度，反应多半会是：是你杨过先动的手，先打的我闺女；就为了一场斗蟋蟀，一个小孩子的破游戏，你就打人？没错，我女儿是踩了你的蟋蟀，她不对，那你就可以打人？一只蟋蟀的事至于打人吗？

以上也许才是一个当妈的基本思路。黄蓉假如真这么想，也只可说是人之常情。

再往下一步，她可能还会想到：你本来流落江湖、当小叫花子，裤子都没得穿，我接你到岛上，管吃管喝，让你有和我女儿一样的牛奶、果汁、麦片……就算我女儿踩了你的蟋蟀，但毕竟只是个几岁的孩子，你看在我的面上也不能打人吧！你这个小子有没有良心？

在这种情绪下，要是换了一个别的母亲，多半得把杨过找来，黑着脸熊一顿。假如是再泼一点、市井一点的，甚至会把郭靖也连带熊一顿：你看你捡来的这个好侄子！

但事实上黄蓉没有这样。她的反应很值得我们体会。

杨过闹事之后，害怕被责罚，不敢回家，找了个山洞过夜。郭靖很焦虑，遍寻杨过不着，情绪不好，很是烦恼。

此时，黄蓉有没有指着郭靖说"瞧瞧你这个好侄子"之类的话？并没有，而是做了很平淡的一个举动：

　　　知道劝郭靖不听，也不吃饭，陪他默默而坐。

你体会一下这个"陪"，这个"默默而坐"，是不是已经是最好的应对了？此时此刻，在这个一团乱麻、所有人都很焦躁的夜晚，有没有感觉到黄蓉是这个家庭的情绪稳定器？

她本来有理由和郭靖一样烦恼焦急的。接下来的剧本原本可能是：男主人暴跳如雷，女主人喋喋不休，女儿捂着脸哭，大家集体歇斯底里。但黄蓉没有。

她改变了这个剧本，选择了"默默陪坐"。这一行为释放出来的信号是：这件事确实挺烦，我也很烦，但没关系，让我们一起等到明天去解决它。黄蓉事实上成了所有人情绪的保险阀，是全家最安静理性的一个，也是姿态最高的一个。

第二天夜里，杨过找到了，回家了。黄蓉又是什么举动呢？

倘若换了一般人，总会有点情绪要宣泄，总难免要数落杨过几句，可黄蓉仍然没有。来看原著，她的反应是这样的：

> 回到屋中，黄蓉预备饭菜给郭靖和杨过吃了，大家对过去之事绝口不提。

郭靖能"绝口不提"好理解，相比之下，黄蓉的"绝口不提"更难做到，体现了一种气质，不多废话，不多啰唆聒噪，过去就过去了，并且还准备了饭菜给郭靖和杨过吃，与郭芙殴斗的事不提了。

大家平时可以多注意，在家庭生活中，小气的人和大气的人，气质不好的人和气质好的人，主要区别在哪里？答案就是：一个总是爱做情绪的加法，一个总是爱做情绪的减法。

在这件事上，自始至终，黄蓉都在做情绪的减法。对有情绪的郭靖，黄蓉做减法，陪他默默而坐；对有情绪的杨过，黄蓉做减法，端上饭菜，旧事再也不提。

这就是智慧，对于陷入家庭矛盾和负面情绪的成员，要给予情感上的支持，而不是情绪上的支持，在情绪上反而要降温。杨过这个小子也许就等着你说他呢，就等着找证据证明你们歧视他、迫害他呢，可是咱偏不提，让他情绪降温。

翻遍原著，关于这次小朋友打架事件，自始至终，乃至到后来，开口批评杨过的都是郭靖，不是黄蓉。黄蓉的姿态一直是非常高的。

后来有一次，杨过被郭靖打了一个耳光，赌气跳了海，下水救人的却是黄蓉。郭靖打杨过，不会伤感情；如果是黄蓉打，感觉就不一样了。

再后来，杨过在桃花岛实在待不下去了，被送走。有必要说清楚的是，杨过待不下去也不是因为黄蓉，而是因为柯镇恶。柯老公公和杨过闹僵了，一老一小，有他没我，誓不两立。

郭靖是至忠至孝的人，对他来说老师比天大，不可能为了杨过忤逆柯大师父，只能把杨过遣出桃花岛，送到外地。

整个事情，从头到尾，决定把杨过开除出门户的是郭靖，决定让杨过离开桃花岛的是郭靖，安排杨过去重阳宫的也是郭靖。黄蓉没有任何怂恿和挑唆，从头至尾没有掺和这事儿。

也正是因为她没有掺和，不曾推波助澜，更不曾侮辱贬损杨过，后来才和杨过留足了再相见的余地。

总体来说，黄蓉对待杨过这个老公家的熊侄子是有成见、有提防的，但具体在处理杨过和女儿的矛盾上，并没有小肚鸡肠，没有一味偏袒女儿，没有做什么庸俗跌份儿的事。一句话概括，心机重了点，但没有掉价，保持了"黄药师女儿"基本应该达到的水平。

当然了，黄蓉并不是全无过错。她故意不教杨过学武，只教他读书，这个举动很不好，会影响孩子的心理，让孩子自卑，觉得被区别对待。

然而话说回来，黄蓉教杨过读书，存的并不是坏心。书上写明了她的内心活动，是"好好读书，于人于己，都有好处"，她是为了让杨过有好处。并且她教书确实也在认真教，不是应付了事。原著中说，她从《论语》一直教到《孟子》，依着平常的急性子早就不耐烦了，此时却一直耐着心，和杨过天天之乎者也。

杨过有没有学到东西呢？真的有。后来杨过还时常回想，幸亏郭伯母当年教自己读书，这才勉强学了些文化，甚至还起了感恩的心思。所以，黄蓉的确并非在刻意使坏。

综观整个桃花岛上的鸡毛蒜皮，从黄蓉的处理上，能得到一些启示。

第一，姿态要高。不要低姿态，要高姿态，小朋友打架可以批评，可以教育，但不要掺和进去拉偏架，甚至迁怒于家人，对郭靖说"你怎么把这么个小王八蛋"带到岛上来了，这就庸俗了。

第二，留有余地。倘若对人不喜欢、有看法，也注意留有余地，不要歇斯底里，不要意气用事撕破脸。

第三，行所当行。黄蓉的角色是伯母，不是伯伯，既然如此，打杨过耳光这种事没有充分理由便不要去做。郭靖打了杨过耳光，逼得杨过跳海，黄蓉去下海救人，这就叫行所当行。如果反过来，那就是另一种效果了。

第四，守住底线。黄蓉对杨过的底线是什么？是抚养他，教育他，不遗弃他，不凌虐他，尊重和成全郭靖的故人之义。

以上，黄蓉做到了吗？我觉得做到了。

正是因为有这四点做底子，杨过和黄蓉虽然一度关系不好，但最后还可以冰释前嫌。杨过长大了之后，慢慢回想过去的事，觉得郭伯母对自己也并没有那么不好，自然而然也就懂了，关系就恢复、融洽了。

另外还有一件事，也是黄蓉被批评得很多的，那就是她曾劝小龙女别和杨过在一起。

大家都责怪她在一份纯洁的爱情中扮演了绊脚石的角色，给这对相爱的人添了堵。

然而，事实上这也未必完全符合实情。

杨过和小龙女的恋爱，黄蓉确实有干涉，可她真的是一个纯粹的恶人角色吗？是棒打鸳鸯、不近人情的角色吗？如果仔细看书，你会发现真不是。

对两人的恋情，黄蓉在某种程度上是同情的。事实上，她可以说是整个江湖上最先试着去理解两人恋情的长辈。书上说她：

> 想起自己年幼之时，父亲不肯许婚郭靖……直经过重重波折，才得与郭靖结成鸳侣。眼前杨过与小龙女真心相爱，何以自己却来出力阻挡？

在整个江湖上没有一个人同情杨过和小龙女的时候，是黄蓉先动了一份恻隐之心。

其次，黄蓉一直努力转圜，推动这件事在私下解决，防止有人情绪过激，做出冲动的事。

这其中最冲动的是谁呢？郭靖。郭靖正义感爆棚，眼里揉不下沙子，居然当众要打杀杨过。是谁在旁阻止、劝告呢？是黄蓉。她多次劝告、暗示郭靖不要行为过激，避免当众闹得下不来台。

此外，郭芙等几人辱骂杨过和小龙女，也是黄蓉阻止的。

这些表现都是不错的。我们要给黄蓉一个公道。一味指责她棒打鸳鸯，不公平。

那么，为什么大家还是觉得黄蓉这事干得不好、不体面、不光彩呢？也是有原因的，因为黄蓉有一个地方失误了，她去谈话选错了对象，去劝的是小龙女，而不是杨过。这不妥。

她可以劝，她有权利表达意见，尤其是私底下表达意见，问题出在她不该去劝小龙女。

所谓劝人，一般有两个注意事项：要劝亲近的那一头儿，要劝热乎的那一头儿。谁热乎？杨过。谁亲近？也是杨过。杨过毕竟是侄子，劝杨过，好接受。

私底下对杨过说，"过儿，你这个事伯母我觉得不妥，你听听我意见"，这行。或者对杨过说，"小子，别因为一时头脑发热，害了龙姑娘名声"，这可以。劝得动、劝不动，都不坏事。杨过就算不同意，也不至于留下什么阴影，造成什么伤害。

可是劝小龙女，大家不了解，没有交流的基础，越劝越生分，还会给小龙女留下心理阴影。倘若对小龙女说，"妹子，可别因为你一时头脑发热，害了我过儿的名声"，这话就相当不中听。

当然了，黄蓉和杨过毕竟都是豪侠，后来二人还是尽弃前嫌，恢复了关系。

在修补和杨过的关系上，黄蓉有一点也还是做得不错的，那便是坦诚，尤其是面对杨过这个聪明人。注意，不管是生活中还是职场上，对聪明人尤其要坦诚。

黄蓉是怎么和杨过谈心的呢？就是一个词：坦诚，不回避问题。她是这样说的：

> 过儿，你有很多事，我都不明白，若是问你，料你也不肯说。不过这个我也不怪你。我年幼之时，性儿也是极其怪僻，全亏得你郭伯伯处处容让。
>
> （黄蓉）又道：我不传你武功，本意是为你好，哪知反累你吃了许多苦头。你郭伯伯爱我惜我，这份恩情，我自然要尽力报答，他对你有个极大的心愿，望你将来成为一个顶天立地的好男儿。我定当尽力助你学好，以成全他的心愿。过儿，你也千万别让他灰心，好不好？

不拐弯抹角，不遮遮掩掩，两个聪明人之间坦诚相对，有啥说啥，效果很好。杨过听了之后居然啜泣了，他感受到黄蓉是真挚的。

这种经过了怀疑之后的信任，其实比那种盲目的信任更让人感动。人和人之间的交往，先凉后热，慢慢升温，可能比一开始上来就火速升温更理智，也更持久。

回看黄蓉的婚姻，一直稳定而幸福，这其实也和黄蓉的能力有关。

要注意，他们不是一个小家庭，而是个超级大家庭，牵涉的成员很多，关系也很复杂，这个大家庭的稳定基本都要靠黄蓉。

郭靖是没有协调处理复杂关系的能力的，家里人之间但凡闹事，他基本都处理不好。早年间大师父柯镇恶和黄药师闹事，处理不好；选黄蓉和选华筝的婚姻方面，处理不好；杨过和柯镇恶的矛盾，处理不好；两个徒弟争郭芙，处理不好。这类事，郭靖统统处理不好。

这个家庭的平顺、和睦，离不开黄蓉。他们婚姻幸福的关键不在于郭靖，而在于黄蓉。郭靖的厚道人品，奠定了这桩好婚姻的底线；而黄蓉的情商和能力，决定了这桩婚姻的上限。

中年的黄蓉反而更值得我们琢磨和学习。她年轻时是"小妖女"，这反倒不好学，人人都做小妖女，这不现实。但是中年之后黄蓉的一些行为举止，倒是真的不妨借鉴。

◇ 两性之间欣赏就可以了，不要崇拜 ◇

一份感情，在婚前没有泡沫，在婚后就不容易有落差，不会越看对方越嫌弃。因为你看到的就是真实的对方。

为什么郭靖、黄蓉这两个人的感情好，爱情的保鲜度高？通常的说法就是两人"互补"。看所有情感文章，几乎一说到黄蓉和郭靖就是"互补"，一个聪明一个蠢，一个机灵一个傻，互补，所以一骗就骗了一辈子。

这当然也没错。但我觉得除此之外还有别的原因，平时很少被提及，那就是：他们两个人相处的姿态很好。

什么叫姿态好？就是黄蓉和郭靖相识以来只有互相欣赏，

没有互相崇拜。他们的感情不是从崇拜开始的。

我们多半听过一种说法：两口子关系要想好，女的对男的得有一点崇拜。甚至一些大姐都这么教育小弟：找媳妇呀，得找一个崇拜你的，崇拜你才会对你好，感情才稳定。

我不这么看。两口子一开始最多欣赏就可以了，可不要崇拜。欣赏很好，崇拜可要命。

有一些女孩子，她们的感情确实是从崇拜开始的，觉得这男人厉害得不行。王语嫣对她表哥就是。

一边貌似很烦表哥"事业心"太重，不喜欢他成天谋划宏图伟业，不喜欢他"复兴大燕、光宗耀祖"那一套说辞，可事实上又对表哥特崇拜，放眼江湖，觉得谁也赶不上我家这位人中"龙凤"。哪怕表哥对自己态度含糊、若即若离，她都愿意屁颠儿屁颠儿跟着"龙凤"浪荡江湖，给点阳光就灿烂。

对比同样是靓仔的段公子，明明对自己用情很深，又好看又温柔，可王姑娘偏就看不上他做小伏低的样子，跟他之间的爱情就像冬天的温度计，怎么用力都没办法往上升。

反过来，男人呢？往往也很享受女人的这种崇拜。有些男人不是找对象，是找优越感。比如金庸写的一个人物石清，就拒绝了一个极其优秀的女人，原因是怕有压力，"你样样……比我强。我和你在一起，自惭形秽，配不上你"。

石清的话，可能代表了相当一部分男人的心声。太优秀的伴侣会给他们带来无形的压力，相处起来总会有一点说不清、道不明的别扭，让他们没有优越感，而找一个崇拜自己的则极其愉快。

事实上，崇拜这种东西很危险，爱情从崇拜开始是不靠谱的，找对象和找偶像不是一回事。

崇拜首先会影响你完整地认识一个人，等于加了十块滤镜，把他的重大缺陷都遮掩了。

明明有暴力倾向，你崇拜他，所以看不见，结婚以后天天挨揍；明明好吃懒做，你崇拜他，所以察觉不了，最后发现嫁了一个巨婴。

还有一些崇拜，压根儿就是当初你自己幻想出来的。

例如穆念慈，她心中的杨康根本就是个自己想象出来的幻象，总觉得杨康一定是个大好青年，留在金营是忍辱负重，为了国家民族不得已屈身事敌，找机会报效祖国。结果怎么样？

甚至还有一些崇拜，根本就是当初瞎了眼。

《笑傲江湖》里的岳夫人特别崇拜丈夫，书上有这么一处描写，说"岳夫人瞧着丈夫的眼光之中，尽是倾慕敬佩之意"。

后来呢？发现岳不群根本就是个奸诈的小人，还偷偷地自宫练了《葵花宝典》，岳夫人只剩下天天在被窝里给他捡胡子了。

就算不是上面这些所托非人的，哪怕对方真的很优秀，崇拜这玩意儿也持续不了多久。

　　人这种事物是经不起近处仰望的，越走近就越经不起仰望。

　　你十八九岁的时候崇拜的身边的人，后来还不破灭的有几个？往往年轻时觉得厉害得不行的人，到后来自己成长了，眼界开阔了、见得多了，就会感觉不过尔尔。什么芫荽，不就是香菜嘛！

　　尤其是两人一起过日子，油盐酱醋、烟熏火燎，除非你那位真是文成武德、仁义英明，是世上罕有的奇人，不然哪有光环不破灭的？

　　李敖娶了大美女胡因梦，没几天就觉得光环破灭了：原来大美女一样坐在马桶上便秘。他说这话是损了点，也是在给自己的薄情找借口，但到底也说明人经不起仰望。胡因梦尚且如此，何况别人？这世上有几个胡因梦？

　　婚前泡沫太大，婚后就会有落差。当初是因崇拜而结合的，等到后来家长里短、一地鸡毛，崇拜不起来了，面对一个中年之后日益软塌塌的皮囊，恩爱怎么维系啊？

　　而郭靖、黄蓉恰恰不一样，他们俩认识的时候，谁也不崇拜谁。

　　郭靖自然是不崇拜黄蓉的，反过来黄蓉更不可能崇拜郭靖。她连自己那么厉害的亲爹都不崇拜，在这世上还能崇拜谁？这种姑娘不会仰视任何人，更不会过多地倚赖任何人。

　　他们俩之间只是一种单纯的欣赏、吸引。郭靖欣赏黄蓉的俏丽、聪颖、旺盛的生命力，黄蓉欣赏郭靖的真诚、质朴、憨厚，还有对自己好。

　　两个人在一起不是找偶像，不是找长期饭票，也不是找一份弥补心理缺憾的创可贴——比如我不会弹钢琴，就找一个会弹琴的；我没上过大学，就找一个学历高的。这些都不是，而是找一个合得来的旅伴。

　　所以黄蓉看郭靖是没有滤镜的，一切都看得清清楚楚、明明白白，她眼中的郭靖，就是实际的郭靖。这和穆念慈眼里的杨康完全不一样。

　　一份感情，在婚前没有泡沫，在婚后就不容易有落差，不会越看对方越嫌弃。郭靖在黄蓉面前也就没有什么偶像负担，哪怕后来当了大侠，也经常对黄蓉说："如我这般傻瓜，天下再没有第二个。"你看，他没有包袱。

　　没有不合理的期待，就没有幻灭和崩塌，反而会逐渐感受到对方的好，黄蓉后来就说过："靖哥哥，你总说自己不成，普天下男子之中，真没第二个胜得过你呢！"

　　讲到这里，还要顺带说一下，郭靖、黄蓉的婚姻顺、感情好，还与黄蓉的另一个特点有关，那就是黄蓉能体谅没有那么聪明的人。

　　她虽然绝顶聪明，但在跟资质一般的人相处时，并不太给对方压力，让对方能够放松下来。

生活中，大多数聪明人都容易犯什么毛病呢？就是完美主义，难以和不聪明的人相处。

因为自己太聪明，所以不断地给身边人提高要求，让别人更高、更快、更强；更因为自己太聪明，所以受不了周围人的迟钝，简直没有半分耐心跟这些笨蛋沟通，对人家做的什么事情都不满意。

但是黄蓉没有。她的聪明是公认的，可是偏能体谅笨人的难处，跟郭靖在一起，不炫耀自己懂得多、会得多，也不嘲笑他笨、反应慢，更没有期待过郭靖会被自己熏陶得提高智商，给他提不切实际的要求。

她可以听郭靖讲话，耐心地把自己会的东西教给他。她给郭靖讲各种诗词、典故，都是用郭靖听得懂的浅显、明白的话，从不掉书袋。

给郭靖弹琴，黄蓉一曲弹完，说："这是辛弃疾大人所作的'瑞鹤仙'，是形容雪后梅花的，你说作得好吗？"

郭靖道："我一点儿也不懂，歌儿是很好听的。辛大人是谁啊？"黄蓉道："辛大人就是辛弃疾。我爹爹说他是个爱民的好官。北方沦陷在金人手中，岳爷爷他们都给奸臣害了，现下只有辛大人还在力图恢复失地。"

这等娓娓而谈，循循而诱。

　　试想一下，如果是黄药师给别人讲诗词，别人问他辛大人是谁，他可能摇着头说"蠢材、蠢材"，挥挥衣袖，不见了。

　　所以，郭靖在黄蓉面前是完全放松的，充满自信力的，少年时因为学武太慢带来的心理阴影一扫而空，这才是最大的内驱力。

　　聪明人要消除这种智力歧视是很难的。看看林朝英，跟王重阳还没开始谈恋爱呢，就开始比武功、比才智，连自己研发的玉女剑法都要处处克制全真剑法。

　　还有绝情谷里的裘千尺，比对象高明那么一点点，就要在家里颐指气使、居高临下，最后感情都崩盘。

　　当然了，说一千道一万，郭靖、黄蓉的婚姻好，关键还是黄蓉眼神好，郭靖这个人找得不错，值得托付终身，这是第一位的。不然，黄蓉再怎么"包容"、相处方式再怎么对路也没用。

　　正确的策略，只有在正确的人身上才能发生作用。说到底，眼睛擦亮点，把人选好、看准才是关键。感情的世界里，一切好都不如眼神好。

◇ 她和郭靖，也有不为人知的十年 ◇

　　郭靖和黄蓉有一段婚姻生活，有十来年的时间，我们其实是不大了解的。

　　正如前文所说，郭靖和黄蓉，五好家庭、人生赢家，一说起来就是事业、爱情成功的典范。

　　但其实，他们有一段婚姻生活，有十来年的时间，我们是不大了解的。

　　在《射雕英雄传》结尾的时候，他们在一起了，两个人当时都是十几岁，少男少女，就像童话里说的：王子和公主从此过上了幸福的生活。

等到两个人在续书里再次出场的时候，都已经三十岁左右，一个是郭大侠，一个是黄帮主，意气风发，就像史诗里说的，国王和王后接受着万众的瞻仰。

这中间有十来年的时间，故事没有写，其间发生了什么我们也不知道。

这是不为人知的十年，是消失的十年，但是这十年太重要了。他们后来婚姻的成功、人生的圆满，很大程度上都在于这十年。

> 她性子向来刁钻古怪，不肯有片刻安宁，有了身孕，处处不便，甚是烦恼。

对刚结婚的黄蓉，金庸只淡淡提了这么一笔，再没有说更多。总之，我们能够得到的信息是：当时的黄蓉刚嫁人，怀孕了，很烦躁。

她正式开始上有老、下有小的生活了。这个时候的她，大概觉得自己不再是小公主了，不能穿着白衣衫、头发上戴着金环、划着船唱着歌儿到处玩了，而要抱着郭芙喂奶了。

金娃娃大概也不养了，小红马也骑得少了。她的心情很不好。

她有一个老爸，却完全靠不住，整天神龙见首不见尾，只会装帅耍酷，关键时候找不到人。

别人都羡慕这样的老爸：哗，你爹是黄药师，帅呆了。可是，这样的老爸谁有谁知道。

生郭芙的时候，黄药师并不在身边。按道理说，他"医卜星象，无所不能"，如果能在场守护一下，哪怕是象征性地，至少黄蓉会安心得多，可是他真的不在。

黄老邪就是这么任性。到后来，黄蓉生下双胞胎郭襄姐弟俩，还是在战场上，敌人都在产房外面砸门了，当时的情况可以说是凶险无比、命悬一线，老爸照样不在。

不但老爸靠不住，还有个师父洪七公也靠不住。

要论神龙见首不见尾的境界，洪七公可一点都不比黄药师差。自从丐帮的挑子撂下后，他老人家动不动一消失就以十年计算。

这些可能都是黄蓉暴躁的原因。

家里的关系，也是让人烦。

柯大公公这个人，本质是好的，正直、仗义。黄蓉娘俩儿要是有危险，柯大公公大概愿意拿命来保护。

可是，讲义气的人不等于好相处。柯大公公是个老顽固，脾气暴躁，又爱摆臭架子，再加上还有点不良嗜好，喜欢赌个钱之类的。

后来，黄蓉就说：你在嘉兴的债主，我都给你打发了。说起来轻描淡写，但将心比心，家里有一个债主一大把的老赌棍，说起来也闹心不是？

这些倒也算了，柯大公公还特别爱面子，你帮他的忙，还得小心照顾他的自尊心。

黄蓉的脾气性格本身也是带刺的，自带软猬甲属性，用金庸的话说就是"向来刁钻古怪"，估计这些年和柯大公公少不了有些摩擦。

丐帮还有各种杂事。黄蓉本来就不是事业型的，属于有才能、无野心的女人，并不爱当职场强人。几万叫花子，事事都让人头疼，污衣派和净衣派还要搞内斗。

挺着个大肚子，抱着个奶娃子，还要处理臭叫花子的事情，估计她想想都烦。

郭芙一天天长大了，黄蓉解脱了吗？并没有。书上说"这女孩不到一岁便已顽皮不堪"。

到了五岁那年，小丫头开始学武艺，桃花岛上的虫鸟走兽都遭了殃，不是羽毛被拔得精光，就是尾巴给剪去了一截，"昔时清清静静的隐士养性之所，竟成了鸡飞狗走的顽童肆虐之场"。黄蓉还得追着擦屁股。

我们不知道她生活的具体细节，但是一定不会像"王子、公主从此过上了幸福的生活"那么简单。书上说，黄蓉经常对郭靖发火，"找些小故，不断跟他吵闹"。

金庸没有详写，但是可以猜想她的心理状态。孩子，带来的是无穷无尽的屎尿屁；婚姻，好像并没有想象中的美好；武功不想练了，事业成了负累；"丈夫"两个字的背后，是柯大公公等复杂的人际关系。

某些傍晚，她也许坐在岸边，看着大海胡思乱想，一会儿心想自己结婚是图什么，一会儿心想说不定欧阳克还更好。

我觉得，郭靖和黄蓉从谈恋爱到现在，之前碰到的那些坎儿，不管是丘处机逼婚，还是华筝公主的婚约，或是郭靖和黄药师的误会，都没有这一次考验人。

那个时候，有爱就可以走下去，有爱就有一切。可是现在，光有爱好像也解决不了问题。桃花岛上，不再是俏黄蓉和靖哥哥，而是一个暴躁的年轻妈妈和一个情商不高的新晋爸爸。像黄蓉这么刁钻的人，一旦任性起来，真的很要命的。

可是，谁让黄蓉遇到的人是郭靖。

他不会猜人的心思、口才不好，但是温和、长情，能够做好一件事——好好陪着。

她心情好的时候、不好的时候，天晴下雨、刮风打雷，他都陪着。

> 知道爱妻脾气，每当她无理取闹，总是笑笑不理。
> 若是黄蓉恼得狠了，他就温言慰藉，逗得她开颜为笑方罢。

这些年，她一次次地恼，又一次次地被逗得开颜为笑。黄蓉也是幸运。遇见郭靖时，她十五岁，最叛逆的时候，连那么厉害的老爸她都敢反了，郭靖却一路陪过来了。

结婚之后，从武林公主变成孤岛孕妇，转为暴走模式，郭靖也陪过来了。不知不觉，他们的婚姻持续了十年，两个人都到了三十来岁，终于都完成了二次成长，越过了山丘。两个人并肩离岛，重新行走江湖。

他们发声长啸，约战李莫愁，"两人的啸声交织在一起，有如一只大鹏一只小鸟并肩齐飞，越飞越高，那小鸟竟然始终不落于大鹏之后"。李莫愁怕了。她听出来，这两股啸声"呼应相和，刚柔并济"。

这种默契，不是谈恋爱能谈出来的，而要靠长期的陪伴和了解，才可以做到。到这时，郭靖终于守到了他人生最好的礼物。他过了最难的关卡，驶往了更开阔的水面，以后，再也没有什么风浪可以动摇他们的船。

很多年后，在襄阳城头，郭靖手持长剑督师，鬓边已经有不少白发。黄蓉站在背后望着他，"心中充满了说不尽的爱慕眷恋"。这是郭靖得到的回报。

"人海之中，找到了你，一切变得有情义"，这其实是相对容易的。相比之下，更难的是"逐草四方沙漠苍茫，哪惧雪霜扑面；射雕引弓塞外奔驰，笑傲此生无厌倦"。

郭芙

人啊，认识你自己！

◇ 要 选 对 赛 道 ◇

一切梦想的前提，都是先要了解自己。郭芙非要学母亲去做女英豪、女帮主，一辈子也不行。但如果去做女主播，多半会非常出彩。

郭芙有一句口头禅，"让你知道姑奶奶的厉害"。

在她的认知里，自己什么都厉害，武功厉害、智谋厉害、心机厉害，口才也厉害。事实上这是严重的偏差，我们把它叫自我认知偏差。

有自我认知偏差的人，看到的总不是真实的自己，而是扭曲放大的。郭芙就是这样。

她几乎唯一具备的优秀素质是美貌。她确实继承了黄蓉的美貌。

郭芙有多美呢？有一次她无意对着杨过笑了一下，顿时"犹似一朵玫瑰花儿忽然开放"，明媚娇艳，连杨过这样一个风流少年都被猝然惊艳到了，脸上一红，转过头去不敢看。

然而，郭芙也想当然地觉得自己继承了母亲别的东西，包括心机、智谋、武功、口才等等。这就是严重的认知偏差了。她和母亲的能力构成完全不一样。

黄蓉是真能干、真优秀，而郭芙在绝大多数项目上都很平庸，武功不高，又乏智谋，母亲便多次给过评语：芙儿是个草包。

她也没有什么应变能力。作为堂堂郭靖和黄蓉的女儿，她居然晚上一个人就出不了襄阳城。岗哨不放，她就一筹莫展，只会和岗哨吵架，最后只得由无奈的母亲来解围。

她的管理能力也不行。就连两个追求者大武、小武兄弟都没有管理好，闹到两人要火并，手足相残，险些出了人命。

除了相貌，这个姑娘是全方位的平庸。

一个人平庸可不可以？当然可以。每个人都有平庸的权利，没有谁是生来就必须优秀的。即便是名门之女，也不一定就非有义务要成为什么名女人、女富豪、女帮主。

一个人自我感觉良好行不行？也行。平凡的人也可以自我感觉良好，也应当有自信，也有昂着头追逐梦想的权利。但这永远都有一个前提，就是先要对自己有正确认识。就像希腊古城特尔斐的神殿上那句名言："人啊，认识你自己。"

我们常读到各种鸡汤，都鼓励人去追求梦想，去实现宏伟的志愿，言必称马斯克、乔布斯、扎克伯格的案例。追求梦想很好，可问题是：如果一个人根本不具备管理能力，却自以为能掌管一个大企业，怎么办？一个人明明没有文学天赋，却自以为饱读诗书能当作家，怎么办？一个人明明五音不全，却想当歌手，怎么办？你也鼓励他们去坚持梦想吗？

郭芙便自我感觉管理能力很强，倘若她要去管一个一万人的大公司，你也鼓励她去坚持梦想吗？能把公司拿给她试试吗？这不叫鼓励，这叫害人。

那根据郭芙的特点，她应该去做什么呢？比如说在今天，她就应当去当主播，这个职业就特别适合她，而且她还会是很有个性的那种主播。

因为她好看，天然有流量，还会怼人，三两句就能把人噎得说不出话来。别说，这还真是一种本事。这种人放在日常生活中也许人见人嫌、很难相处，但如果把她放到镜头前面，说不定会别有一种魅力，也许能吸引万千粉丝，甚至很多男粉丝可能不被她怼一怼就难受。倘若换了别的女孩，比如完颜萍、耶律燕甚至郭襄去，都不一定有那么好的效果。

　　所以，能力要放到合适的地方。在人的所有能力之中，最基本、最核心的能力，就是认识自己的能力，明白自己的优势是什么、善于干什么、不善于干什么。了解了这些之后，梦想才能谈得上是梦想，否则就是狂想。

　　最后探讨一个问题：郭芙对自己严重的认知偏差是怎么来的呢？她的认知其实就是被社会人际关系给扭曲的。

　　可以想象，在那个江湖上，几乎所有人到了郭靖家，见到了郭芙，都免不了要说："郭大侠、黄帮主，你们这个闺女真美丽、真棒、真优秀，真是青出于蓝！瞧这武功架势，必是天资卓越；瞧这伶牙俐齿，必是聪颖绝伦；瞧这脾气性格，必是大将之才，将来号令江湖，手拿把攥，你们的事业真是后继有人。"

　　亲友恭维她，下属恭维她，追求者恭维她，路人也恭维她，郭芙从小沉浸在这种恭维里，天天听这种话，整天喝醉酒一样，当然觉得自己方方面面都优秀了。

　　而且一个人越是膨胀自负，越爱听假话，别人就会越倾向于不去打破这种错觉，更多地附和：是、是、是，对、对、对，你很优秀，你很棒。刻意的恭维加上顺嘴的应付，共同助长了她的膨胀，她的幻觉也就不断被放大。

　　生活中有许多人，便是自我感觉极其优秀，又说不出优秀在哪里。这种人有男性，也有女性。他们往往心气儿很高，认为自己天然就优越别人一头，就该是团队的核心，天然地应该被高度尊重，因为自己很"优秀"。

可是，你真问他们到底"优秀"在哪里，却又根本说不出来，搞不清楚。学过两天琴，读过几本畅销小说，出过几次国，或者因为工作关系、家庭关系认识了一两个名人，都可以让他们产生优秀感。事实上，这些都是幻觉。

认识自己永远是第一位的。每个人都有长处，郭芙也有，就像我说的，她是天生的个性主播。而这一切的前提是认清楚自己，不要非去当母亲那样的女强人、女英豪、女帮主。

选对了赛道，人都可以有机会活得很精彩，包括郭芙。

◇ 同学会作精指南 ◇

人生中最无聊的胜利，就是在同学会上的胜利。

　　说到郭芙，金庸小说里还有这么一个精彩的场面，具体地说，是一场同学会。郭芙就是其中的主角。

　　同学会本该是亲切温存的，但是在一些不甘寂寞的灵魂的演绎下，往往沦为了作精的表演现场。

　　这次同学聚会的成员有四个：杨过、郭芙、大武小武兄弟（也就是武敦儒、武修文）。聚会的地点是北方的大胜关。

　　这四位同学小时候都在桃花岛长大，跟着郭靖、黄蓉学武功，后两人相当于班主任和辅导员。多年之后，转学的杨过同学回来了，大家久别重聚，非常亲密，然后就开始各怀鬼胎地飙戏了。

先说郭芙。她的角色是班花。

同学会的气氛好不好，班花的表现很关键。一个合格的班花应该是团结同学的，而不是分裂同学的。班花如果爽朗豁达，同学会的气氛往往会很融洽；班花如果心眼多，同学会的气氛往往就会导向诡异。

作为班花，有些事本来是不该做的，比如不要怂恿男生较劲、斗富，还有些事情是应该做的，比如要注意多一点坦诚，少一点心机。可不幸的是，郭芙偏偏是个超级有心机又戏多的班花。她每一次亲热谁、冷落谁，都是有小剧本的。

这次同学会一开始，她就故意对杨过特别亲热，一会儿拉着杨过说说笑笑，一会儿找杨过"低声软语"，各种做作。

比如早晨杨过刚吃完早点，就见郭芙"在天井中伸手相招"——一大早就故意主动来找了，而且高调地站在天井里，刻意让全世界都看见，像是要马上找杨过上演一场罗马假日。

班花郭芙刻意对个别男生过分示好，就容易把问题搞复杂。她的这些行径并不是因为偏爱杨过，更不是要和杨过擦出什么火花。她最主要的目的之一，就是要别的男同学吃醋。

对一个新来的成员表现出特别的热络，可以让旧人们妒忌，进而自己便可以去享受这种嫉妒、利用这种嫉妒，更好地掌控全局。这就是郭芙的套路。

她故意和杨过"并肩走出大门"，一副"寒酸杰克"和"女神肉丝"并排的即视感。二武兄弟"遥遥跟在后面"，嫉妒如狂，郭芙"早已知道，却假装没瞧见"，只管和杨过谈天说地、东拉西扯，"咯咯娇笑"。

并肩走，是走给二武看的；咯咯笑，是笑给二武听的。类似这样的时刻，是郭小姐最享受、最自信的时刻，是她人生的巅峰体验。这不是同学会，而是她的星光大道。

再来看二武兄弟。他俩在同学会上自居的角色，是优等生、高富帅。

当年在桃花岛小学，他俩以三道杠自居，认为杨过是不入流的鼻涕鬼。他们比杨过更得黄蓉老师喜欢，和班花的关系更亲近。他们升旗，杨过立正；他们检查，杨过扫地。

所以，他俩在同学会上有一种强烈的维持旧秩序的冲动，必须要证明你大妈已经不是当年的大妈了，但你大爷还是你大爷。他们希望杨过回归当初的定位，继续做鼻涕鬼，不要破坏秩序。

因此，和杨过一见面，他们就开始炫富，试图迎头痛击杨过。比如嘲笑杨过的癞皮瘦黄马特别丑——你可以类比成开了二十万公里、大修了八次的奥拓——"忍不住哈哈大笑"。

所谓"忍不住"大笑是假的。倘若是郭靖骑这匹马来，他们绝对忍得住，绝对不敢笑。之所以忍不住，乃是不必忍、无须忍也。他们放肆地讽刺杨过："这匹千里宝马妙得紧啊！""这是大食国的无价之宝！"

最后看杨过。这也是个戏精，他的角色是扮猪吃老虎。

同学会上往往也有这路人，专门后发制人搞逆袭，杨过就是这样。他是带着小时候的怨气来的，"且瞧他们如何待我"，故意把自己搞得很惨，来之前还先化了个装。

> 将头发扯得稀乱，在左眼上重重打了一拳……衣裤再撕得七零八落，一副穷途末路、奄奄欲毙的模样。

这是存心先下套，让郭芙、二武兄弟尽情发挥、丢丑现眼。

同学们轮番晒好马、炫武功，杨过只是静静地看着，一会儿看郭芙说母亲要授自己打狗棒法了，一会儿看二武兄弟炫耀要学一阳指了，个个感觉自己能上天。直等到他们的戏演够了，杨过才来收割，上演大逆袭。

在一场公开比武里，他秀《玉女心经》的武功，秀《九阴真经》的武功，秀打狗棒法，把二武同学的脸抽到肿。

尔后女友小龙女出场了，书上说她"清雅绝俗，秀丽无比""似真似幻，实非尘世中人"，等于是用美貌和气质暴虐郭芙，形成二次碾压。

这场同学会，到此已经没法看了，被四个戏精齐心协力毁了。本来简单的世界都是被这些目的驳杂的人搞坏的。人人心机深重，人人怀着鬼胎，这是一场失败的、谁都不真正快乐的聚会。

事实上，就在同一时间，书上还描写了一段不起眼的小情节，和这一段情节正好形成了鲜明的对比。

当时大胜关武林大会正在召开，郭靖遇到了旧识尹志平。且看二人相遇的情景：

> 郭靖与尹志平少年时即曾相识，此时重见，俱各欢喜，二人携手同入。

对比之前郭芙等少男少女的同学会，再看郭靖和尹志平的相见，让人莫名感动。

郭尹二人也是同学，相互之间的境遇变化也很大。过去是尹志平同学武功比较高、地位也比较高，现在则是郭靖同学本领更大、名气更大，但这丝毫没有影响他们的友谊。他们开心地"携手同入"，"俱各欢喜"。

这才是真心的欢喜，像是杜甫的诗《赠卫八处士》中所写的：焉知二十载，重上君子堂？

和郭靖与尹志平的友谊相比，郭芙、二武、杨过的表现都不好，都是把同学会当战场了，思想包袱太重了。我觉得人生中最无聊的胜利，就是在同学会上的胜利。人生的确有许多战场，但切记要避免把一些本不是战场的地方也战场化，搞得硝烟弥漫。全是战场了，人生就没有了。

◇ 下次你路过，人间已无我 ◇

当她绕了一个圈子回来，他早已经不在那里了。鸟从天空中飞过了，怎么还会在意地下的藩篱。

这本来是一个美好故事的开头。

那一年，郭芙九岁，杨过十三岁。

他去她的小岛住，她很高兴——"突然多了几个年纪相若的小朋友，自是欢喜之极"。

刚见面时，他们有点嫌隙，但没多久就好了，"小孩性儿，过了几日，大家自也忘了"。

桃花岛的绿竹林、弹指阁、试剑亭，原来是黄药师吟啸之地。如今，都变成了他们捉蟋蟀的游乐场。

真的有点像李白在《长干行·其一》中写的：妾发初覆额，折花门前剧。郎骑竹马来，绕床弄青梅。

他们相识的年纪，比郭靖和黄蓉更早；他们的青梅竹马，只有令狐冲和小师妹可以比拟。

更何况，他们不但两小无猜，还有父母之命。她的父亲——大侠郭靖，一门心思撮合他俩在一起。

相比之下，令狐冲就远没有这么幸运，从来就没有得到小师妹父亲这般真心眷爱。

一切似乎都是天作之合，然而谁都想不到，他们的关系崩坏得如此之快。小说才到第三回，电视剧才到第一集，他们的缘分就走到了尽头。

她指挥人打他："用力打，打他！"

他则对她满腔怨恨："你这丫头如此狠恶，我日后必报此仇。"

天造地设，却势同水火；青梅竹马，却宛如仇雠。

你可以说是因为性格——冷峭孤傲的少年，注定不会喜欢刁蛮残暴的公主。

但真的是这样吗？为什么游坦之疯狂迷恋上了阿紫？

游坦之不也是个杨过般的孤傲少年嘛，身背父仇，沦为乞丐；阿紫不也是个郭芙般的骄傲公主嘛，刁蛮专横，残暴更甚。

游坦之怎么偏偏爱上她？

你也可以说是因为年纪——两人相遇太早，感情的种子还来不及发芽，错过了孕育的良机。

那令狐冲为什么会苦恋一起长大的小师妹？《连城诀》里的狄云怎么会喜欢青梅竹马的戚芳？

后来，他和她分开了。一别经年，等重新见面时，两人从头到脚，已几乎处处是极端的冰火对立。

她的标志颜色是夺目的红。"红马上骑著个红衣少女，连人带马，宛如一块大火炭般扑将过来。"

他心中的神圣之色却是无瑕的白。"那少女（小龙女）披著一袭轻纱般的白衣，犹似身在烟中雾里，全身雪白，面容秀美绝俗。"

偶尔也有那么一瞬间，他也为她的美貌倾倒过。

> 杨过看见郭芙这么一笑，犹似一朵玫瑰花儿忽然开放，心中不觉一动，脸上微微一红，将头转了开去。

也有这么一瞬间，她几乎已经默认了要嫁给他的事实。当郭靖剃头挑子一头热，大剌剌向杨过提亲时，"郭芙羞得满脸通红，将脸蛋儿藏在母亲怀里"。

但这些瞬间太少、太短暂。更多的时候，他们互相鄙视、互相嫌恶。

他有那么多强敌，金轮法王、公孙止、潇湘子，但偏偏是她，给了他人生中最大的伤害。

她有那么多追求者，大武、小武、耶律齐，但他的那双白眼，却总是刺伤她的自尊。

哪怕隔了十六年，他们消息不通、再没见面，但在风陵渡口，一听到人说起他，她就浑身不自在，如芒在背，忍不住要发脾气。

有人说他的雕好，她就恚怒：哪有我家的双雕好？

有人说他的武功好，她也恚怒：哪有我爹的武功好？

那个夜晚，妹妹郭襄开始爱上了他，但姐姐的心事却无声隐没在风雪中，少有人留意。

后来，他回来了，并策划了一次完美的复仇。

小时候，他曾在桃花岛上发誓"我日后必报此仇"。他做到了。

那一天，她本来应该是绝对的主角——她的丈夫耶律齐，要在天下英雄面前争夺丐帮帮主，登上人生的巅峰。

她对此很重视、很用心，"这几日尽在盘算丈夫是否能夺得丐帮帮主之位"。

而她的妹妹，本该是绝对的配角，只能在家里摆"英雄小宴"。

　　然而他来了，精心策划，喧宾夺主，把一份隆重的贺礼、一场绚丽的烟花，献给妹妹当生日礼物。在那个梦幻般的夜晚，主题从"大姐夫加冕"变成了"二姑娘庆生"。

　　原著中，用四个字描述了她当时的心——"切骨仇恨"。

　　除此之外，在那一晚，还有一个许多读者都忽略了的细节，或许同样让她刺痛：

　　　　丐帮那些叫花子，居然集体忘记了她刚刚合法打赢擂台的丈夫，而居然想让杨过当帮主。

　　杨过的推辞，很机敏、很大度："耶律大爷文武双全，英明仁义……由他出任贵帮帮主，定能继承洪、黄、鲁三位帮主的大业。"

　　但对她而言，不管他是不是推辞、如何推辞，刺伤已经是难免了：你丈夫奋力博取的，是他早已超越的；你孜孜以求的，是人家早已不在意的。

　　故事的最后，他和她的关系发生了转机。在千军万马的战场上，他拼死救了她的丈夫。

　　骄傲的她终于悔悟，消泯了恩仇，向他下拜，说出了让人动容的十个字：

　　　　杨大哥，我一生对你不住。

她还彻底地剖白了自我，勇敢地面对自己的内心。

她认为自己一直在爱他，认为自己"真正要得最热切的东西"是他，认为自己一直对他"眷念关注，暗暗想着他，念着他"。

她认为自己二十多年来之所以一直嫌弃他，乃是恨他的冷漠，恨他从不把自己放在眼里。

这番剖白很感人，但我对此很存疑。

她真的爱他吗？在桃花岛上，叫大小武猛打他的时候，我看是不爱的。

她真的像自己所认为的一直"眷念关注"他吗？至少两人少年分别后，她是不太想起他的；当两人重逢时，面对落魄、寒碜的他，她大概也是爱不起来的。

的确，她曾经喜欢找他说话，但那是因为他新鲜刺激，不同于那些唯唯诺诺的备胎；她是不曾抗拒父亲提亲，但那是因为他已显露了本事、出了风头；她当然记恨妹妹，但那是因为自己失了面子。

不要轻易用"爱"这个字。

因为"爱"很抽象、很不可捉摸，所以很多复杂的情绪都打着"爱"的擦边球，祭出"爱"的大旗。

如果这都是爱，我们可以轻易考证出范遥爱灭绝师太，张无忌爱黄衫女，甚至杨过的真爱是黄蓉。

故事的本来面目，我觉得很简单。

她是找出"因爱生恨"四个字，作为自己强烈挫败感的挡箭牌。

因为她最鄙视的，结果成了最优秀的；她的那些跟班，最后成了不成器的；她认为自己高于同辈众女，但婚姻、事业最终都没有证明。

所以潜意识之中，她在给自己找理由：我不是没有识人之明，而是一直喜欢他。

当然，也许后来她真的是开始喜欢他了。

因为她也在成熟，也在懂事，也在学会欣赏。很有可能她慢慢发现，这种人才是男人，这种心跳才够刺激，这种旗鼓相当的感觉才可能产生爱情。

但是，当她绕了一个圈子回来，他早已经不在那里了。

她和他已经是霄壤之别、云泥之判。她连伤害他、激怒他的资格都没有了，更遑论获得他的爱——鸟从天空飞过，哪会在意地上的藩篱？

"下次你路过，人间已无我"，这是余光中写给哈雷彗星的诗句。

人心如彗，缘分也如彗，是不会等你成长的。错过了，也许便永不会再交会。

◇ 郭芙为什么不反对父母生二胎 ◇

假如真的爱孩子，不希望她变成一个巨婴，那么应该让她明白一个道理：家里总有一些事情，比你的个人感受更重要；总有一些事情，你不能决定，只能理解。

有一个有趣的小问题：

郭靖、黄蓉共有三个孩子。他们在生了大女儿郭芙之后，又生了郭襄和郭破虏。

郭芙脾气这么丑恶，怎么就从没有反对爸妈生二胎？

今天，"大孩维权"的故事已屡见不鲜，有些孩子死活不肯让父母生二胎，甚至寻死觅活、手段激烈。"再生娃需不需要征求大孩的意见"已经成为娱乐节目的热门辩论话题。

黄蓉再度怀孕的时候，郭芙已经长大。当她听说自己即将迎来弟弟或妹妹时，这个著名熊孩子的反应居然十分积极正向，既没有寻死觅活，也没有赌气腹诽，更没有拉着柯大公公帮自己维权，而是有一个很好的情绪——"大喜"。她心道：

> 原来妈妈有了孩子，我多个弟弟，那可有多好。

这就奇怪了。郭芙不是小气、自私、任性嘛，为什么在这件事上如此大度？

可能是金庸留有余地。他尽管把郭芙写得很讨人嫌，但一直为她守住了底线，也不愿让郭芙事事讨嫌。

再者，可能是金庸也压根儿就没想到社会心态的变化。他料不到今天会有一批孩子这么早就懂得"维权"，捍卫独生的利益。

金庸生活在旧式大家庭，耳濡目染的是当时的家庭传统和礼乐教化。父母要生几个娃，完全不关孩子的事。金庸兄弟姐妹六人，他自己排行第二。生他的时候，想必一定不用征求哥哥查良铿的意见；而生弟弟查良浩的时候，也不用征求老二查良镛的意见。

大概在金庸的心目中，生不生郭襄，纯粹是郭靖、黄蓉的事，和郭芙无关。

当然，除了以上种种原因，郭芙之大度、不争，我觉得还有一个最重要的原因，那就是她从未误以为自己是家庭的中心。

这是她的家庭与今天许许多多家庭的最大区别。

不妨来观察一下郭芙的这个小家庭。在这个家庭里，最首要、最坚强且有力的关系，是父亲郭靖和母亲黄蓉的关系。

郭芙的确是被黄蓉溺爱着，也被郭靖溺爱着。但她从来不会觉得对母亲而言自己比父亲重要，或者对父亲而言自己比母亲重要。

郭芙眼里的家庭关系是：母亲爱我，但也爱我爸；父亲爱我，但也爱我妈；我不是天下第一，不是宇宙中心，只是家里的一个成员。

父母之间的爱，是熊孩子的清醒剂，可以让孩子学会分寸感。

这就是为什么郭芙虽然鲁莽，但从来没有越俎代庖，胡乱搅和家里的任何大事：不让家里召开英雄大会，不让保卫襄阳，不让家里收留杨过，或者是死活不让爸爸妈妈生弟弟妹妹。

反之，很多崩坏、失衡的家庭，往往都是爹可以不要妈、只认孩子，或者妈不认爹、只认孩子，而孩子则觉得谁都没有自己重要。

这让人想起《圣经》。它认为家庭中首要的关系是什么呢？是夫妻关系，不是母子关系或者父子关系。这种说法国人未必全能理解，但我不得不说，它是有一定道理的，是一种智慧。

还有这样一种论点：孩子也是家庭的一员，是否要二孩，需要事先征求孩子的意见。倘若大孩反对，就不能生。

这种观点还常常被披上温情的外衣，显得更动人——生二胎是一家人的事，必须由我们一家人共同做决定。

问题是，这样一来，乱子可就大了。

郭芙该上幼儿园了，要不要她自己决定批准？上小学，要不要她自己决定批准？这也是大事啊，而且是切身大事。

假若她不肯上怎么办，这种可能性很大的，那就不上了，从此放羊？

另外，倘若黄药师要来住几天呢？柯镇恶大公公要来住几天呢？要不要郭芙批准？万一柯大公公是长住呢，要不要郭芙批准？收留故人之子杨过来桃花岛，要不要郭芙批准？

大家不是一家人嘛，这是一家人的大事，需要郭芙共同决定啊！否则，她觉得被冒犯怎么办？

还有，父母打算开英雄大会，打算开丐帮大会，要请英雄好汉来聚会，日后爹妈还打算去襄阳抗敌报国，需不需要郭芙批准？

更热闹的是，大娃本身也是孩子，而孩子是善变的，一天一个主意。

她今天同意父母要二胎了，母亲怀上了，改天她忽然又不同意了，怎么办？

襄儿，对不起啊，你姐姐改主意了，只有把你堕了。因为她看了动画片《灰姑娘》，觉得姐妹好可怕，还是不要有妹妹好。

但也许过了两天她又改主意了，觉得还是有个妹妹好。那母亲又怎么办？再怀吗？靖哥哥，咱们再来生吧，芙儿她又改主意了，她看了一集动画片《葫芦兄弟》，觉得还是有兄弟姐妹好……

所以，你倒是想尊重孩子，尊重得没边了，连生娃都得他点头。可是，他有足够的智力和理性去做出如此重大的决定吗？他能为这个决定承担后果吗？

让没有足够智力和理性的人去做重大决定，是对双方的严重不负责任。就好比你当市长，跑到广场上找位大妈，问："咱们城市到底是发展金融，还是发展高端制造业？大妈你来决定。"这是对所有人不负责任，包括大妈。广大市民挠死你都不为过。

所以答案就是，不需要郭芙批准。

孩子是家庭成员没错，孩子的感受很重要没错，但是决定权归谁？这个必须清晰。生育权是父母的，不是大孩的。假如真的爱孩子，不希望他变成一个巨婴，不想他把自己当成宇宙的中心，那就应该让他明白一个道理：总有一些事情，比你的个人感受更重要；总有一些事情，你不能决定，只能理解。

倘若你一时不能理解，爸妈可以耐心地帮助你理解。

但是归根结底，不管你理不理解，都要理解。

比如柯大公公要来住，比如杨过要来桃花岛，又比如爹妈要生郭襄，这些事都不由你决定，你只能理解。

这才是给孩子的真正的成长礼物。

◇ 花钱的高级感 ◇

世界上的一切商品永远只分为两种——服务自己的和证明自己的。你买来服务自己，你就比它高；你买来证明自己，你就比它低。

郭襄并没有很多零花钱，但是却爱花钱。

这种姑娘家"人穷瘾大"的花钱方式本来是不好的，也容易让人观感不佳。但不知为什么，郭襄花钱的场面总让人觉得很愉悦、很高级。用金庸的话来说，就是花钱花得"天真潇洒"：

（郭襄）叫道："店小二，再打十斤酒，切二十斤牛肉，我姊姊请众位伯伯叔叔喝酒，驱驱寒气。"店小二连声答应，吆喝着吩咐下去。众人笑逐颜开，齐声道谢。

而相比之下，同出一个家庭的姐姐郭芙花钱时，暴发户的味道就很浓，不像妹妹那样自带高级感。

这种所谓的"高级感"是一种比较玄妙的东西。有钱不一定有高级感。有的人明明花了很多钱，甚至是花了冤枉钱，却总给人感觉不太体面。

原因何在呢？何以有的人花钱也买不到高级感呢？其实金庸小说里都有答案。

第一就在于他们往往都带着一种压力，这种压力叫作"证明自己的压力"。

有的人时时刻刻活在这种压力下，举手投足间都透露着这种压力，花钱的时候也带着这种压力，所以他气息就不对。郭襄花钱为什么让人感觉潇洒？因为她不需要用钱证明自己，超越了这种压力，高级感自然就出来了。

举一个对比的例子就很明白了——乔峰和鸠摩智。

两个人明明都是大高手，在原著里武功也差不多，但为什么总给人感觉鸠摩智就层次低一级？这种诡异的低端气息是从哪里来的呢？

关键就在于鸠摩智无法摆脱证明自己的压力，他无时无刻不活在这种压力下。

他东跑西颠、到处串门，挨家挨户证明自己会少林七十二绝技。而且他还动辄进行现场演示，到天龙寺演示，到少林寺演示。为什么演示？怕别人不信呗，怕不能证明自己呗。一个绝世高手老得证明自己是绝世高手，因此他的气息就比较低级。

乔峰有这种压力吗？没有。乔峰不需要到处证明自己真的会降龙十八掌、真的会擒龙功，你爱信不信。他早就超越了这种压力，所以高级感就来了。

这和花钱的道理是一样的。"时刻必须证明自己有点钱且过得不错"，这种气息很微妙，但是又很明显，像煤气味一样明显，人人都觉察得到。比如今天有的圈子、有的行业，就到处弥漫着这种味道，似乎人人身上都带着这种压力。

世界上的一切商品永远只分为两种——服务自己的和证明自己的。你买来服务自己，你就比它高；你买来证明自己，你就比它低。所以乔峰就比降龙十八掌高，鸠摩智就比少林七十二绝技低。如果一个人老需要靠花大价钱吃饭、买商品、住酒店这种事来证明自己，他的气息就怎么都高级不起来。

以上是第一点。再总结第二点，叫作经常性地暴露自己的价格。这也是高级感立不起来的原因。

什么意思呢？就是如果你用两千元的酒店来标榜自己，那么便暴露了你的层次就是两千元；你用三千元的酒店来标榜自己，就暴露了你的层次就是三千元。反之，不管你住什么样的酒店，只要安之若素，那么别人就窥探不了你，你也给自己保留了深度。

一样商品，只要不用来标榜自己，它就没有价格属性。你用一个五万元的包，吃一次九百九十元的下午茶，不用来标榜自己有钱，那么这个包、这次下午茶就没有价格属性。乔峰打最简单的太祖长拳也好，用最华丽的擒龙功也好，都不是用来标榜自己的，所以我们就无法从中窥见乔峰的深度。可一旦你用它来证明自己有钱，它就立刻有了价格属性，一秒钟就暴露了你的价格。

"我宁愿坐在宝马车上哭"，这话的真正问题在哪里？注意，并不是什么所谓的太物质，它的真正问题是暴露了自己的价格——原来这个人没有宝马车，并且坐宝马车的机会也不多。进而容易被可以轻易拥有宝马车的人轻看。

任何好的商品都有价，再贵的东西这世上都有人可以轻易拥有。所以，不要把自己的尊严和这些东西捆绑起来，一旦捆绑，就给自己标了价，也就必定有人觉得你廉价。一个踩着滑板车的人是无价的，因为你不知道他什么价。你知道张家口的小乞丐黄蓉什么身价？你知道无量山光着屁股买饭吃的段誉什么身价？

除了以上两点，还有第三点，也是金庸告诉我们的，如何花钱才有高级感？就是同时能让旁人觉得舒适。

前文说了，郭襄也花钱，也挥霍。她在风陵渡口的酒店拔金钗换银子，请所有人吃饭，打十斤酒，切二十斤牛肉，又打十斤酒，切二十斤羊肉，所有人都高兴，所有人都舒适。因为她花这个钱不冲着别人。

除了故意逗自己的姐姐，郭襄此举没有踩在场的任何人，没有贬损在场的任何人，因而大家都舒适，"笑逐颜开，齐声道谢"。她花钱给人的感觉就是这姑娘活该有钱，她越有钱旁人越高兴，高级感应运而生。

如果换了别人、换个场景，同样也是请客买单，对方可能就不舒适了。比如朋友聚会，其中一个家伙说"呵呵，这个地方比较贵哦，你们可能不常来，我常来"。

那别人就可能特别不舒适。为什么不舒适？因为他的实际目的是贬损别人、抬高自己，和上述郭襄那种正好是相反的。所以，搞不好钱花了，又没有落到好，你也不会觉得他有什么高级感。他越有钱你可能越不痛快，恨不得把朋友里最有钱的叫过来弄死他。

事实上，面对这种人最好的办法就是完全放松，充分地使自己舒适：对、对，我不常来，你请吧，我还没吃饱，还想点菜。

穆 念 慈

感情里最有伤害性的"骗"，就是骗自己

◇ 穆念慈: 是个骗子 ◇

感情里最有伤害性的"骗",就是骗自己。穆念慈就在拼命骗自己。

看到标题你可能以为写错了,杨康才是骗子,穆念慈怎么会是骗子呢?其实没写错,穆念慈是骗子,她骗自己,而且是明目张胆地行骗。相比之下,杨康要真实得多,而穆念慈一直对自己说谎。

比如,她对杨康说的:

我一直当你是个智勇双全的好男儿,当你假意在金国做小王爷，只不过等待机会，要给大宋出一口气……

这就是假话，在骗自己。她真的当杨康是智勇双全的好男儿吗？真的相信杨康是在金国搞潜伏吗？

穆念慈一直知道杨康是什么样的人。我怀疑她最初就已经认清楚杨康了。当初比武招亲，她跟义父杨铁心一起被骗到王府，几个回合下来，她就该明白杨康是个什么货色，已经知道这人善于巧言令色，对自己没有太多感情，更不是什么英雄好汉了。

她不是没眼力的，不是温室里的小姑娘。她自幼跟着杨铁心流落江湖，杨铁心死后，她更是孤身一人闯荡，什么人没见过，杨康那点昭然若揭的小心思她还能看不出来？当初比武招亲时杨康可没掩饰，当众表示自己不过是玩玩，穆念慈会认不清这个男人？

奈何自己喜欢他，柔情万千，一心想嫁。她喜欢杨康的什么？根本和人品无关。她恰恰是喜欢杨康那股子纨绔子弟的贵气、痞气、邪气，当然了，还有相貌英俊。一开始，她就不是奔着品质去的。要说品质，郭靖品质好，穆念慈怎么死活看不上郭靖？

那为什么穆念慈还总口口声声说相信杨康是个好人，找出种种牵强附会的理由要论证他品质好呢？因为过不了自己的道德关。

　　她自幼被杨铁心收养，每天耳濡目染的是忠孝节烈、民族大义。杨康这样出身敌国的小白脸，本该是在择偶范围之外的。奈何爱情这事儿不由人，她不由自主被杨康的华而不实所吸引。小王爷高贵俊雅、谈吐动人、又坏又痞，远超她身边别的男子，穆念慈便深陷情网不能自拔。

　　再回头一看身旁的草莽糙汉，已经是完全没法看了，要她去找一个郭靖这样的，她肯定是不甘心了，已经没有回头路了。玩过"农药"的不想再去玩扫雷了。

　　于是，便两难了。跟着他吧，道德关难过；不跟着他吧，情关难过。穆念慈没出路啊，便只能自己骗自己，也骗杨康：你不肯认亲爹，其中必有深意；你甘愿当大金国钦使，乃是想要身居有为之地，干一番轰轰烈烈的大事，为大宋扬眉吐气；我一直当你是好男儿。

　　这是别无选择。大义之下，穆念慈可没办法宣称：不管他是好人还是坏人，是忠臣还是奸臣，我都跟定他了，爱情归爱情，政治归政治。那是不可能的。她生得太早，没读过张爱玲的书。

　　所以，他们相处起来就极度拧巴。两人的日常是这样的：杨康为大金国千里奔波做坏事，穆念慈则千里相随窥情郎。可一旦见了面，穆念慈就立刻假装自己不是看男人来的，而是跑来做思想工作、劝男人改过自新的。杨康一嬉皮笑脸想亲热，穆念慈就板起面孔三连追问："你姓什么？""你是金人还是宋人？""你什么时候杀了完颜洪烈？"

杨康一旦说错话，比如说出什么"我是王爷、你是王妃"之类的，穆念慈就"霍地站起"，满脸震惊地把杨康怒斥一番：你，你，你怎么是这种人！仿佛自己从来不知道一样。

这不由得让人想起另外一个女人，也是这样"霍地站起"，那就是赵敏。

在大都的小酒店里，张无忌对她说出自己要"驱逐鞑子"，赵敏也是"霍地站起"："怎么？你竟说这种犯上作乱的言语，那不是公然反叛吗？"

这两个"霍地站起"，都是少女在假装震惊，都是明知故问。其实言下之意是：你何必非要说穿呢？为什么不能假装这事儿不存在呢？你杨康为什么非要提什么大金呢？你张无忌为什么非要提驱逐鞑子呢？

赵敏好歹还比穆念慈超脱一点，反贼就反贼吧。可穆念慈不行。她不停地为杨康文过饰非，也为自己的感情文过饰非。一个人倘若要捍卫自己没来由的爱，那文过饰非起来可是不惜代价的，什么歪理都找得出，什么事实都可以无视，什么逻辑都可以践踏。无奈啊，为了爱情！

因此，她用力粉刷杨康这个泥胎，涂满金粉，弄成偶像，躲在小庙里拜，拜得灰头土脸。她金粉刷得越多，离真实的

杨康就越来越远，以至于每次真正和杨康接触的时候，都要被
闹得大大伤心一场：原来这家伙真的是个无耻之徒，泥胎木偶。

　　穆念慈痛苦，杨康又何尝好过？他本来可以毫无负担地认
贼作父，开开心心当他的小王爷，娶个宗室女子做王妃，没事
去调戏一下良家妇女。结果有个痴心女子跟着，一片真情，让
人踟蹰。而当你被她打动的时候，她又跟你谈忠义，谈价值观，
说你认贼作父、数典忘祖。

　　他们两个便在一种不见面互相思念、见了面又互相伤害的
死循环里打转，两个人都不能做真实的自己。最后杨康死了，
也等于是自暴自弃地扔了穆念慈的剧本：累！老子不演了！

　　所以比武招亲之前，最好先聊聊三观，聊得来再打。三观
不同，不要强融。

　　郭靖、黄蓉为什么处得好？两人在张家口先聊过了呗。

林朝英

你也很体面，我也很体面，但是我们的爱情，
只收获了一个永远寂静的朋友圈

◇ 不要假装自己在谈恋爱 ◇

一个人越优秀、越全能，万一碰到某个领域自己不会的，就越宁死也不肯碰，包括谈恋爱。

王重阳和林朝英，是一对神仙眷属。

和这一对相比，江湖上其他几对所谓"神仙眷属"统统差了点意思。

袁士霄和关明梅显得比较"逊"；无崖子和李秋水显得比较"淫"；杨过和小龙女离经叛道，显得不如林、王两人"正"；郭靖和黄蓉则显得比较世俗，仙气儿不够。

黄药师和冯衡这一对本来挺讨人喜欢，但是金庸改了书，安排黄老邪去意淫梅超风，真是让人无语。

至于欧阳锋和他嫂子，咱们就不提那一出了吧……

综上，王重阳和林朝英简直是天造地设、组织赞成、群众拥护的一对"模范夫妻"。然而结果大家都知道，俩人没有在一块儿。

于是，问题就来了：为什么？

对这个问题，金庸自己给出了两种解释。

第一种解释最深入人心，说这两个人"竞争之心"太重，互相不服气，死掐了一辈子：

> 二人武功既高，自负益甚，每当情苗渐茁，谈论武学时的争竞便随伴而生，始终互不相下。

意思是说，这两人都是顶尖的奥林匹克运动员，只知道"更高、更快、更强"，不懂"友谊第一，比赛第二"，所以关系处不好。

这个解释，似是而非。

江湖上互相竞争的夫妻有的是。比如胡青牛和王难姑，一个"医仙"、一个"毒仙"，惨烈互掐几十年，他们的"竞争之心"比林、王有过之而无不及，但是不影响他们做夫妻。

此外，王重阳真的是对林朝英一点都不相让吗？翻翻原著，其实未必。他和林朝英打架，从头到尾都在让。"知她原是一番美意，自是一路忍让""先师不出重手，始终难分胜败""决意不论比甚么都输给她便是"。

第二种解释，是说两个人"碍于礼教"，不能在一起——原著中杨过说："当年重阳先师和我古墓派祖师婆婆原该好好结为夫妻，不知为了甚么劳什子古怪礼教，弄得各自遗恨而终。"

杨过这种说法，没有证据，多半出于私心——明明是他自己要搞师徒恋，却去附会古人，到重阳祖师的身上找合法性。

再进一步研究，我逐渐发现，王重阳和林朝英的关系不像朋友，倒像网友——平时话挺多，互相也写了好多信，"英妹""英妹"乱叫，但一见面就尴尬，找不到共同话题，只好讲武功。

这两人的互动方式，也很类似网友——今天我发帖、你顶帖，明天你发帖、我顶帖，看似朋友圈里热火朝天，关系却没有实质进展。

比如原著中，王重阳絮絮叨叨地给林朝英讲自己抗金的战况，等于是在朋友圈发帖"坑爹啊，今天金兵好猛"，林朝英则回帖"喆哥赞"；下一次林朝英跑到古墓叫阵，也等于是发了个帖"哈哈，我武功天下第一"，王重阳积极回帖"嘿嘿，我不信"。

他们无休止地"争胜负""拼输赢"，只是表面现象。我不认为两人真的这么在乎胜负。谁高谁下，双方心里不都明镜一样嘛——书上说，王重阳"自料武功稍高她一筹"，林朝英也知道他"并非存心和我相斗"。

可是不斗又怎么办呢？毕竟除了恋爱关系，"缠斗"好歹也算是种亲密关系啊！

王重阳和林朝英的真正问题，在于不会谈恋爱。

恋爱和轻功、暗器一样，也是门技术活儿。张翠山不会谈恋爱，但是幸亏殷素素会，所以做成了夫妻；而王重阳、林朝英两人都不会，作为一派宗师，又没有父母之命、媒妁之言当桥板，于是问题就大了。

他们都是文武全才，王重阳甚至连工程建筑都懂，古墓的图纸都是他画的；林朝英也一样，你看玉女剑法里，她会的东西真是太多了：小园艺菊、抚琴按箫、松下对弈、锦笔生花……这样的两个人，怎么肯暴露自己不会谈恋爱呢？

一个人越优秀、越全能，碰到某个领域自己不会的，就越宁死也不肯碰。

他们互相写了那么多封亲热的信，"没一句涉及儿女私情"。他们都努力装作"只要我愿意，随时可以谈私情"，就像两只强壮的旱鸭子在泳池边淡定地比画、热身，聊天气，聊美食，却谁也不肯下水。

　　他们上演了一幕幕类似"给女神修电脑"的拙劣对手戏。林朝英说"我觉得你的房子真好"，王重阳马上说"好呀，我搬出来给你住"；王重阳说"我发现一种床对你身体很好"，林朝英说"好呀"，结果王重阳辛辛苦苦地打了张寒玉牌单人床。

　　他们不咸不淡地互相顶着帖，挥霍着岁月年华，还以为这就算是在谈恋爱。

　　最后，林朝英孤独地老了、死了。

　　王重阳跑到古墓，熟视故人遗容，"痛哭了一场"。

　　然后呢？给她作上一篇《女儿诔》？或者像段正淳一样殉情？那是你们想多了。

　　他的做法是——吭哧吭哧地把一篇武功刻在人家墙上，还留了一行字：

　　　　玉女心经，技压全真，重阳一生，不弱于人。

　　有人说：瞧，你还说他俩不是争胜！都人鬼殊途了，他还想着比武呢！

　　然而你再仔细想想，那是争胜吗？

　　那只不过是王重阳又重复了一遍自己唯一会做的事：又更新了一条朋友圈——"妹子，还是我武功高嘛"，然后得意扬扬地圈给了林朝英。

他都这么老了，但谈恋爱的技术仍然停留在小男孩阶段：不知道怎么接近心仪的小姑娘，于是挑衅她，拉她辫子，换来她的愤怒回应，然后沾沾自喜。

不同的是，这一次，林朝英再也不会回帖，也不会点赞了。他们朋友圈里的更新，永远停留在了这一年的这一天。

你也很体面，我也很体面，但是我们的爱情，只收获了一个永远寂静的朋友圈。

李 莫 愁

爱情，从来不是一个关于公平的游戏，
而是一个关于勇敢和幸运的游戏

◇ 如何面对人生里的不公平 ◇

如果你觉得世界很公平，那么你是幸运的，因为很多时候不尽公平才是世界的常态。

李莫愁的一生，都被一种情绪吞噬了，那就是她觉得"不公平"。

在金庸小说里，"赤练仙子"李莫愁是一个特殊的美人。听其外号"赤练仙子"，就知道此人的性格：狠毒如赤练蛇，但又美如仙子。

李莫愁是极美的：

>　她话声轻柔婉转，神态娇媚，兼之明眸皓齿，肤色白腻，实是个出色的美人……
>
>　"三十岁却仍是肌肤娇嫩，宛如昔日好女。她手中拂尘轻轻挥动，神态甚是悠闲，美目流盼，桃腮带晕……"

就连黄蓉跟她狭路相逢时都感叹："原来她是如此的一个美貌女子。"

然而她却滥杀无辜，自己也成了武林公敌。结局也很惨：身中情花之毒，葬身在火窟之中，好端端的人生就此葬送。而她之所以如此偏激极端，归根结底是因为陷入了一个情绪的黑洞之中，就是认为世界待她不公。

李莫愁所受的第一大刺激，就是认为情场上遭遇了不公。她少年时和陆展元相恋，种下了情苗，后来陆展元娶了别人，她便觉得遭受了不公，发誓要报复。后来她愤世嫉俗、不断迁怒他人，也是由此而来。

她的情敌姓何，名字里有一个"沅"字，她便发誓提到这两个字的人都要杀。何老拳师一家二十余口男女老幼便都被杀了，只因不幸姓何。她还在沅江之上连毁六十三家货栈船行，只因为对方招牌上带了个"沅"字。

除了情场，李莫愁所受的另一大刺激就是觉得老师不公。她在古墓派学艺，总觉得师父偏心师妹小龙女，私藏武功不授，为此穷年累月地怀恨，不断地找师妹的麻烦。所以，她总是跑回师门去挖坟掘墓、骂骂咧咧。

这一份"我遭受了不公平待遇"的不甘、屈辱、愤怒，吞噬掉了她所有的理智和人性。

在此，且不去细究李莫愁恋爱故事中的孰是孰非，也不去辨析她的师父到底有没有偏心，只说一件或许更重要的事：如何面对人生中的"不公"？

记得有一句话是这么说的：如果你觉得世界很公平，那么说明你是幸运的。因为许多时候，不尽公平、委屈坎坷乃是人生的常态。

誓言可能会遭背弃，友谊可能会变冷淡；你爱一个人，不可能必然得到对等的回报；你拜师学艺，也不代表必然得到和同门完全相同的对待。明白"不公"是常态，"不公"将和人生如影随行，才能与之相处，并且平视之、超越之，参与到更广阔的人生游戏中去。这话绝非让人去甘心受委屈、当冤包、遇事不争取，而是说必须认清世界的本来面目，那就是没有时时、处处、事事的公平。

有一个问题：读金庸让少年时的你学会了什么？编剧史航的回答让人印象深刻：人一辈子，总有许多遭遇会让你觉得孤苦无助，怎么偏偏就我遇到了，别人没有？我怎么这么倒霉？就如卢梭曾说，青春期的苦痛，就在于你苦的时候不知道别人也在苦着。而恰恰是金庸让少年的我明白，这些孤苦、纠结、不公并不是我所独有的，还有许许多多的人也在遭受着这种孤苦，并且他们都能坚强地活下去、走出来。

人一生的奋斗，其终极目的之一便是追求公平。倘若公平如此轻而易举，那还奋斗什么？

而且，人生的许多游戏，其本质都不是关于公平的，而是关于勇敢、幸运、毅力的。比如爱情，它便不是一个关于公平的游戏，而是一个关于勇敢和幸运的游戏。

张无忌娶周芷若的时候，便对赵敏不公平；而赵敏反过来华堂夺夫，说"非要勉强"之时，则又对周芷若不公平。如果一概以公平论之，那大家干脆都练《葵花宝典》，不要谈恋爱了。你唯有明白了这个游戏无关公平，才能更好地参与其中，体验和享受爱情。

有一些不公，是可以主张权益、可以维权的，然而另一些不公则永远不能。李莫愁倘若去买苹果，买到了烂的，自然可以主张权益，讨回赔偿来。然而男人不爱她了，并且已经死了多年了，这种"不公"如何主张权益？无法主张。她便只有一个选择，那就是迁怒。须知"迁怒"是世上最大的色厉内荏，也是世上最大的自我折磨，越迁怒便会越觉得自己的无能，无能又产生新的愤怒，永无休止。李莫愁便在这种永无休止的迁怒中自我吞噬了。

　　许多时候，命运对待你我并没有如此不公，只是你对别人所受的痛苦不屑一顾而已。好比李莫愁，眼里只有自己的痛苦，没有别人十倍、百倍的痛苦。

　　李莫愁出场时，随手就害死了一个女子武三娘。她倘若真的了解武三娘的故事，就会知道，武三娘所受之"不公"比她沉重多了！

　　武三娘的丈夫居然爱上了养女，还为此疯疯癫癫，到处寻衅惹事，对武三娘何等不公？

　　武三娘不得不独立把两个孩子带大，还养得健康可爱，丈夫无丝毫付出，是否不公？

　　丈夫神智迷糊了，到江湖上去流窜，武三娘还得带着两个孩子一路寻夫，风尘仆仆，是否不公？

　　最后她丈夫中了李莫愁的毒针，武三娘居然牺牲自己，替丈夫吮毒而死，是否不公？

　　人世上真正的不公，都是发不出声音的，就如武三娘这样。倘若你遇到的"不公"可以如李莫愁般大吵大嚷说出来，说明命运对你还远没有坏到极处，还早着呢！

　　矫情到对着武三娘下毒手，还高喊命运不公，什么玩意！

玖

小龙女

最好的"与世无争"，是世界上没有人能够和你争

◇ 最好的"与世无争"，是没人能和你争 ◇

遇到事，退一步可以，别退一百步。最了不起的"与世无争"，其实是没有人可以和你争。

第一次看《神雕侠侣》的时候，绝情谷里办婚礼，看到公孙止的新娘子居然是小龙女，我当时受的刺激比杨过还要大。

好好一个女主角，突然就琵琶别抱了，还是自愿的，没有强迫，没有欺骗，我完全不理解，但是大受震撼。

小龙女嫁公孙止的理由是啥呢？无非是打算主动退一步。黄蓉劝她别嫁杨过，说师徒之恋不容于世，杨过将来会被人看不起。

所以她就主动退场；不但退场，还要远走高飞，让杨过无法找到；不但拒绝被找到，还要火速嫁人；不但嫁人，还要嫁到深山里去，嫁一个自己素不相识、不了解、不认可、不喜欢的人。这样才叫退。

好比俩人谈恋爱，你侬我侬好得很，忽然对方有个亲戚说不合适，你俩这不合规矩，要耽误我们小杨。姑娘立刻"退一步"，失踪了，跑到深山老林里去嫁人了。

这不是退一步，而是退一百步。这也是小龙女做事的常见方式，别人退一步，她要退一百步。

譬如后来两人千辛万苦团聚了，没相处几天，却误会杨过要和郭芙做一处。小龙女是什么反应呢？退一百步，把淑女剑也给了郭芙，自己又瞬间玩失踪，让杨过又是一番全世界寻人。

再后来，两人双双中毒，杨过扔了半枚绝情丹，不肯独活。小龙女想让杨过活着，办法是什么呢？又是退一百步：自己先去死，但还要装作没死，订立一个十六年之约，套住杨过。这姑娘把整个计划想了一遍觉得没毛病，留了个纸条就跳崖了。

我就不明白了：姑娘，你躲起来，不当真寻死，是否也能达到同样的效果？江湖医术日新月异，说不定哪天就有了特效药，你急着死干什么？如果不是武侠小说主角跳崖不死的定律，杨过苦苦等待十六年后还不是一样殉情，葬身谷底？这十六年之约到底是为了拯救他，还是为了摧残折磨他？

做人难，做女人难，做女主角难上加难。黄蓉、赵敏、小龙女，都是女人，但三个姑娘做事不一样。赵敏是遇到困难便向前走，逢山开路，遇水架桥；黄蓉是倘若问题大，就先绕着走，青山还在，就有柴烧；小龙女不同，是遇到困难反着走，倒退一百步，制造一个新困难，把自己逼上绝路。

人在世上，常有要退一步的时候，甚至退三步、五步的都有，那叫审时度势。战略性撤退是理性的，然而遇事就退一百步，那是非理性的，多出来的九十九步，从根子上说要么是自怨自艾，是赌气，是报复，是企图用浮夸的大撤退来伤害对方，要么就是感动自己，追求一种自我牺牲和自我放逐的仪式感，让自己陶醉和麻痹。

你观察小龙女就会发现，她有个心理特点，就是畏惧和回避矛盾。这是许多都市人也有的心理现象。往好了说是"与世无争"，爱咋咋，往根源上讲就是不愿意面对矛盾，一秒钟要撤退到安全地带，往后、往后，再三百里。

小龙女在古墓长大，从生到死都被祖师婆婆、师父留下来的一套方案安排好了，连死了以后睡哪口棺材都早有安排，所以她就与世无争，没什么可争，也没人和她争。敌人来了，放一群玉蜂就可以驱散，不用和人评理置辩。

从这个角度看，现在都市人表面上生活五光十色，其实还不照样是活在古墓里？许多人自小到大就有长辈安排好一切，按部就班地直到工作、结婚，所以许多人也就畏惧竞争，遇见矛盾就要退一百步。

对小龙女来说，自从离开古墓，有太多的矛盾她不愿面对，无法面对。她觉得山下的世界是荆棘丛。比如：自以为"失贞"，这样沉重的负担和纠结，她无法面对；师徒之恋，江湖不容，倘若要继续和杨过在一起，又势必要面对许多矛盾和纠葛；后来听说杨过和郭芙是一对，更让她觉得太复杂、太纷乱，这团乱麻难以处理。

在她的内心深处，黄蓉、郭靖、郭芙、朱子柳、尹志平……这些人都太麻烦了、太事儿了，她想回避和这些人的正面冲突，不想条分缕析、见招拆招，所以一遇到事，就习惯性地大踏步后退，离开战场，离开矛盾，割舍爱情，成全对方，这总行了吧。

事实上，人要怎样才不会那么畏惧矛盾、畏惧竞争？答案只能是你战胜过它。你看小龙女有点怕李莫愁，却没那么怕武功更强的金轮法王，因为她曾经战胜过后者。一个人，倘若处理过棘手的矛盾，搞定过尖锐的冲突，就不容易再习惯性躲到古墓里去。

而且她还会知道：在人生选择上，进一步或者退一步，也许都可以收获空间和宁静。但是退一百步，往往反而无法获得宁静。好比嫁到绝情谷，小龙女的余生会得到平静吗？

最了不起的"与世无争"不是躲起来，而是你太厉害了，没有人可以和你争。最后小龙女剑术通神，和杨过好好地在一起，反倒是得到空间和宁静了，因为她知道没有人可以和她争了。

洪凌波

慕强不是什么错，但前提是要识别强人，
明白什么是真正的强者、什么是伪强人

◇ 当心"假强人"型老板 ◇

我们经常把"霸气"误以为是一味好战、到处树敌。这种人不是强人，乃是"假强人"，这种气质也不叫霸气，而叫情绪化、蠢人上头。

《神雕侠侣》里有个小女生叫洪凌波。这个姑娘有一个重大失误，就是跟错了老板。

她的老板，也就是师父，是"赤练仙子"李莫愁。这里所谓的跟错老板，倒还不是指师父心狠手辣、道德败坏。李莫愁残忍嗜杀那是无疑的，无须多言。暂且抛开道德是非不论，仅谈利害，她也不是一个好老板，而是一个典型的"假强人"型老板。

洪凌波就是错跟、错信了这个"假强人"。

社会心态往往是慕强的。在许多人想当然的理解中,"强人"往往是所谓"霸气"的,睥睨四方、说干就干,能动手决不动嘴。今天网络小说中经常有所谓雄才大略者"一言不合就开仗"、横扫天下如卷席的桥段,就是对"强人"的草根想象的折射。

这是一种对强人的误解,那就是把"霸气"误以为是好战和四处树敌。

李莫愁这种人就很有迷惑性。她狠恶、好斗、残忍,而这恰恰是普通人所不能的。

你、我以及绝大多数人都是普通人,做事都是瞻前顾后、软弱摇摆的。面对竞争,我们很难完全豁得出去、不计后果;面对人生中的对手甚至是敌人,你我这样的普通人也很难下得了死手。这种所谓的犹疑、软弱,都是普通人常见的特质。

所以普通人很容易被李莫愁这等人迷惑,羡慕她的凶狠好战,羡慕她的鸡犬不留,以为这就是所谓"强人范儿"。殊不知,这完全错了。

比如,强人并不盲目四面树敌。

欧阳锋绝不四面树敌,曾经分化、拉拢过黄药师;裘千仞也不四面树敌,曾经拉拢过丐帮。

赵敏也是位强人,率队去挑战少林、武当,目的很明确,为朝廷铲除不听话的民间帮派，实施重点打击，以打垮中原武林的脊梁。

而李莫愁却是四面树敌。树敌是为了什么？什么也不为，纯为了发泄，一味地情绪导向，火气一来就不管不顾。

在陆家庄，她跟武三通本来是同一阵线的，就因为武三通说了一个她情敌何沅君名字中的"沅"字，她立刻翻脸，同盟变冤家，和武三通剧斗，双方结下深仇，也相当于跟武三通背后的整个南帝系统为敌。

这不叫"霸气"，叫蠢人上头。

我不禁想起我的一位亲戚，多年前是当地街头古惑仔里的大哥，后来痛改前非了。他曾说过一句感慨良多的话："打架，是打不来钱的。"

这句话让我印象深刻。他尚知道打架打不来钱，李莫愁却不知道。

再者，真正的强人一般都有明确而笃定的目标。

"强人"之所以"强"，往往是目标较凡俗之人远大。目标远大，就不容易被琐事干扰，也就往往能够超越短期利益，意志也就较为坚定。

再对比欧阳锋，作为一代强人，便有着明确而坚定的目标——要争取武功天下第一。一切有利于这个目标的，他就积极谋取；一切与这个目标无关的，他就视若不见、鲜有分心。

他极其珍惜自己的注意力。

桃花岛上，欧阳锋被周伯通设计浇了一身臭尿，洋相是出了，但他也没有跳脚乱骂，只无奈笑笑，换了件袍子便罢。因为这与他的远大目标无关。

而李莫愁有何坚定而远大的人生目标、人生愿景？完全没有！非但没有远大的长期目标，似乎连一个像样的短期目标都没有。

她一大半的精力，就是用在和前男友一家捣蛋上了，挖坟掘墓、打架杀人、迁怒找碴儿，这便是她的主营业务。

她另外一小半的精力，似乎专注于谋取《玉女心经》。这倒也像个目标，然而实际操作中又变形了，变成了嫉妒师妹、怨恨师父，和师妹小龙女纠缠乱斗，仿佛经书不是最重要的，与自己的童年阴影作战才是最重要的。

强人不能是情绪的奴隶，而李莫愁却是典型的情绪的奴隶。许许多多的无关细节都能搅乱她、迷惑她、分她的心。

既然谋划了要十年后向前男友复仇，那就好好复仇吧，然而仇人的脖子上系了块前男友的手帕，李莫愁就疑惑了、迷惘了，心神大乱。既然要谋取《玉女心经》，一度打算怀柔师妹，那就用心怀柔吧，结果听见师妹说一两句话不顺耳，就大怒了，拂尘搂头盖顶打来。

洪凌波误以为李莫愁是个"强人"，一直跟着学。

自己明明是一个单纯甚至有点草包、本质也并不残暴的小姑娘，却无比羡慕李莫愁的所谓霸气、匪气。

她先是认真学李莫愁的行头：

> 十五六岁年纪，背插长剑，血红的剑绦在风中猎猎作响。

然后学李莫愁的"强人"口吻，装古惑仔。看她出场这几句话说的：

> （洪凌波）叫道："但取陆家一门九口性命，余人快快出去。"
>
> 那小道姑（洪凌波）嘴角一歪，说道："你知道就好啦！快把你妻子、女儿、婢仆尽都杀了，然后自尽，免得我多费一番手脚。"

师父的这种轻佻、霸蛮，十五六岁的洪凌波学了个十足，自以为距离心目中的强人又近了一步。

然而，她得到了什么呢？跟着"伪强人"干出了事业吗？跃升了阶层吗？拓宽了视野吗？没有。

老板整天不正经干事，小姑娘洪凌波也跟着不干正经事，满江湖碰瓷打架、杀人越货，学当古惑仔，稀里糊涂结了无数仇人，欠了一身血债，成了过街老鼠，一无所获。

最后，还被师父当成垫脚石，丢掉了小命。洪凌波之死，是典型的李莫愁控制不住情绪、脑袋犯病的结果。李莫愁被情花毒刺围困，愤怒上头，也不多想想脱身计策，就一秒抓起徒弟当石头垫脚，往外冲，最后大家双双中毒完蛋。

同样是跟着李莫愁，师妹陆无双可就聪明多了。

洪凌波尽看李老板的虚假财报了，陆无双却明白这里不能混，一有机会就尽快离开这个垃圾团伙，溜之大吉。

后来，陆无双固然没有武功超强、扬名立万，但至少有朋友、有亲人，活得坦荡、滋润。

慕强也不是什么错，但前提是要识别强人，明白什么是真正的强者、什么是伪强人。与其像洪凌波一样，羡慕、垂涎那些虚伪的好战和霸气，倒不如好好地当一个陆无双一样的凡人。

完颜萍

不浪费柔情，不反刍过去，不深陷无果的缘分，
不执着无谓的执着

◇ 当你拿到一个尴尬的剧本 ◇

世上有些东西，你心里存着尴尬，它便会显得分外尴尬；你心里不尴尬，它可能就半点也不尴尬。

襄阳城英雄大会上，丐帮大比武，选择帮主。

所有人的目光都集中在台上那些男性的身上，他们发言、比武、争雄、扬名，拳来脚往，拼得不亦乐乎，大概没有多少读者会关注在场的女眷。

然而台上有江湖，台下也有江湖。有几个女子就坐在台下。郭芙、耶律燕、完颜萍几个女子，正聚在一起斗嘴为乐，互相伸手到腋下呵痒，"一见面仍是嘻嘻哈哈，兴致不减当年"。

在这一片欢快的嬉闹氛围里，有一个女生是很容易被忽略的，但事实上其言行很值得品味，乃至让人有些佩服，那就是完颜萍。

她是郭靖的二徒弟武修文的妻子。

可以发现，完颜萍是随处让着郭芙的。

擂台上正在比武选帮主，她丈夫武修文先上台比试，连败数个对手。完颜萍见丈夫表现不错，心里欢喜。旁人自然也在喝彩。

然而，郭芙却有些埋怨。埋怨什么呢？她在打自己的小算盘。她是这样说的："小武哥哥……何必这时候便逞英雄，耗费了力气？待会有真正高手上台，岂不难以抵敌？"

郭芙这是担心武修文提前耗力太多，不能多替自己丈夫先挑落几个对手，待到自己丈夫耶律齐上台时岂不是吃亏？旁人即便这样想，却也不会这样说出来。郭芙却说出来了。完颜萍心知肚明，但面上反应却是云淡风轻，只四个字"微笑不语"。

她微笑不语，旁边人却不肯微笑不语。郭芙的小姑子耶律燕便立刻挤兑嫂子说道：你怕什么，她老公被打下了，还有我老公呢。两个人都帮你老公收拾完对手，让他最后登场去独败群雄，你好安安稳稳做个帮主夫人，有何不美？

这话说得挺尖刻，所以郭芙被说得脸面发红，可见是满分十环，正中她的心事。

何以耶律燕对郭芙毫不相让，完颜萍却只微笑不语？除了性格原因，那便是大家还有亲疏的微妙分别。耶律燕是嫡亲小姑子，自然可以寸步不让。完颜萍却没有这层关系，何必凡事和郭芙这大小姐计较？"微笑不语"就好。

可见任何其乐融融的氛围，也总离不开一些成员私底下的担待和维系。总有人担待得多一些，有人担待得少一些，有人畅所欲言，有人微笑不语。完颜萍便扮演了这个"微笑不语"的角色。

完颜萍的通透还不光在这一件小事上。她着实有一项本事，就是特别善于不给自己的内心找别扭。

倘若分析一下小说的前情后果，便会发现，以她的情形，假如内心要闹别扭，要给自己加点内心戏，简直有无数因由。

她嫁了郭靖的徒弟，进入了郭家，和郭芙朝夕相处。然则这个丈夫武修文是痴恋了郭芙十余年的，用今天网络上的话说便是当了十余年的"舔狗"和跟屁虫。武氏兄弟俩苦恋郭芙，江湖皆知，从小就是一个鞍前、一个马后，郭芙往东，他们绝不会往西，郭芙吃苞米，两人绝不裹粽子。后来，兄弟俩还为郭芙一度闹到反目为仇、拔剑互斫的地步。

倘若双方再无来往、火车过站，彼此眼不见、心不烦，倒也罢了。可问题是自己入了郭家门庭，大家反而凑到一起来了，和老公小半辈子的白月光郭芙天天见面，几个小家庭之间互相挤得浑没缝隙。

"翻篇"二字说来简单，但在日常生活里，面对老公苦恋了十多年、闹出无数幺蛾子的异性，还能允许保留个联系方式、偶尔问候一句，就已经算是翻篇翻得洒脱的了，要求中断联系、不许再来往的怕也不鲜见。几个人能心无波澜地做到和她郭芙朝夕相处，她高兴时便和她"腋下呵痒""嘻嘻哈哈"，她不高兴时便要识趣收敛、"微笑不语"？

再退一步说，郭芙如果性格好、易相处，那倒也罢了，可偏偏她是个优越感极强、不易相处的。自己嫁了她的跟屁虫，两口子托庇于她父亲的门下、仰人鼻息，完颜萍倘若稍微敏感一点，心里怕都少不了别别扭扭。换作林黛玉这样心窍极多的，早已经自己别扭死了自己。

完颜萍却偏不别扭，好比有一个心灵的黑口袋，已经给她敞开了，她却不往里钻。面对郭芙，该呵痒便呵痒，该微笑不语便微笑不语。这是能耐，是本事。世上有些东西，你心里存着尴尬，它便会显得分外尴尬；你心里不尴尬，它就半点也不尴尬。原本多尴尬的事儿啊，可是到了完颜萍这儿她不尴尬，于是便一点也不尴尬，郭芙不尴尬，武修文也不尴尬。

还有一件事，完颜萍翻篇也是特别显本事的，就是在她和其他男人的关系上，那便是耶律齐和杨过。

她和耶律齐是一度相当暧昧的，很是纠缠了一阵子，连男方的妹妹耶律燕都认定兄长这是选好嫂子了。完颜萍和杨过则更进了一步，杨过对完颜萍是"拉着她的手，跟她并肩坐在床沿上"，痛陈自己的身世，情到深处，哭湿了人家姑娘一条手帕，还让完颜萍去摸自己小腿上的伤疤。末了，杨过又抱住完颜萍，"如痴如狂"，痛吻姑娘的眼睛。

然则后来，两段关系都风流云散，耶律齐娶了郭芙，杨过和小龙女成婚，各成眷属。完颜萍嫁的是几个男人里相对最不成器的武修文。这种情形下，倘若纠结不甘，内心生出些熨不平、抚不开的波澜来，也是常情。你看郭芙对杨过，后来不是各种不甘、各种"奇异的心事"吗？

完颜萍却不见有什么纠结，也没什么遗憾。她痛痛快快、爽爽利利地翻篇了。后来面对这两个男人，她表面上不尴尬，内心里也不尴尬。换作他人，有人也许会忍不住想"假如当年……"，可她心中却没有这个假如，没有那种李商隐所谓"当时若爱韩公子"的无谓计较，自己不曾真正拥有的，便当命里没有过。

她甚至还捍卫了自尊。倘若她面对这两个男人，内心纠结尴尬，一会儿憾己之未得，一会儿愧丈夫之不如，被耶律齐、杨过识破，那真是会自尊上低一头的。如此爽利地翻篇，反而是满分的自尊。

整部《神雕侠侣》，尽是尴尬之人。

武三通痴恋死去的养女，李莫愁纠结另娶的前任，郭芙始终在琢磨自己到底爱不爱杨过，生出无数尴尬徒劳之闹剧。

只有这个默默的、不引人注目的完颜萍，拿了一个尴尬的剧本，却活得最不尴尬。

她漂亮地翻篇，不浪费柔情，不反刍过去，不深陷无果的缘分，不执着无谓的执着，好像一辆丁零当啷的小火车，虽然不可避免地要走走停停，也许一些站台有月光洒落、树影婆娑、风景动人，但铃声响起，火车出发，就痛痛快快地去拥抱前方了。

裴千尺

暴力能够带来臣服，但也可能带来更大的仇恨，
使用暴力的人往往会被暴力反噬

◇ 离婚案，何苦弄成谋杀案 ◇

看不起这个男人，觉得他不是好东西，那就果断远离他，不要总去羞辱他，又停留在他身边，最后反而给了人家报复中伤的机会。

裘千尺这个人，你对她除了同情，还有一种深深的无奈。

作为绝情谷的女主人，她被丈夫背叛了，挑断了手筋、脚筋，扔进深不见底的山谷里，陪了十几年鳄鱼，每天就靠着几棵枣树过日子，当然是极度值得同情的。

但是你对她也有一种深深的无奈，用互联网上的话说是忍不住要吐槽。这个人本身有太多毛病、很多失误，让人不吐不快。

裘千尺的来头很大，是"铁掌水上漂"裘千仞的妹妹。背景显赫加上武功高强，所以人送外号"铁掌莲花"。

她的女儿公孙绿萼很美貌，长得又像妈妈，可想而知裘千尺年轻时应该也很美貌，说是"白富美"不奇怪。

她和丈夫公孙止还是有过一段甜蜜爱情的。当初，裘千尺跟哥哥吵架，离家出走，无意中来到绝情谷，嫁给了公孙止。发现没有，他俩相爱的经历和郭靖、黄蓉居然非常像，黄蓉也是和家长生气，离家出走，遇到郭靖的。

成亲之后，日子好像还不错。裘千尺比公孙止大了几岁，把公孙止照顾得无微不至，吃喝拉撒全包，还教了公孙止上乘武功。有一次遇到敌人来袭，也是裘千尺舍命打退了敌人。这一点也非常像黄蓉对郭靖做的事，甚至还更夸张一点，成了男人的大保姆，从生活到成长到打架，所有的事都包办了。

但随之而来的是，她内心里也瞧不起公孙止，感情是有的，但蔑视也是足足的，"你算个屁""你比我大哥差远了"的话也是经常挂在口头。比如：

> 他十八代祖宗不积德的公孙止，他这三分三的臭本事，哪一招哪一式我不明白？这也算大英雄？他给我大哥做跟班也还不配，给我二哥去提便壶，我二哥也一脚踢得他远远地。

两个人的感情逐渐出现了问题。公孙止出轨了，越来越嫌弃妻子，甚至还计划私奔。裘千尺付出很多，却收到了一枚苦果。

种种迹象都表明，公孙止不是好东西，裘千尺看错了人。看错了也没关系，所谓"人生处处有时差，难免爱过一奇葩"。本来裘千尺是有足够的纠错能力和底气的，后来残疾了都能在山谷里熬十多年，可见其毅力和勇猛。有这种素质，什么事情扛不住？从头再来嘛！男人那么多，让公孙止滚蛋不行吗？

但是裘千尺偏偏在纠错这件事上翻了车，不但丈夫的错没纠过来，还把自己一辈子给搭进去了。

她把公孙止的出轨完全归罪于那个第三者小贱人。用她的话说就是："呸！这小贱人就是肯听话，公孙止说什么她答应什么，又是满嘴的甜言蜜语，说这杀胚是当世最好的好人，本领最大的大英雄，就这么着，让这贱杀才迷上了。"

第三者"肯听话"，肯吹捧讨好丈夫，所以丈夫变心。这就是她的结论。

但其实公孙止是怎么想的呢？书上说，公孙止感觉裘千尺管得特别紧、专横跋扈，让自己半点不得自由，只有和情人在一起才有做人的乐趣，连绝情谷都不想要了，想走得越远越好。

这两口子，明明是同一个剧的男女主角，却好像拿了两个版本的剧本。裘千尺眼中的自己，是对家庭尽心尽责、对丈夫体贴入微、上得厅堂、下得厨房，百分百的好妻子。但公孙止眼中的她是仗势欺人、专横跋扈的女暴君，说起话来是老妈教训儿子，所以哪怕祖传的绝情谷不要了，他都要离开裘千尺。

裘千尺坚持认为，核心问题是那个第三者柔儿。她以为，只要解决了柔儿，就解决了丈夫出轨的问题。而丈夫公孙止却坚信，夫妇两人有尖锐矛盾、不可调和，片刻都不能共存。

结果是丈夫企图逃跑，没想到计划暴露，老鹰抓小鸡，自己和情人都被抓获。裘千尺迷信暴力，觉得高压最有用，于是给公孙止出了一道要命的选择题，把公孙止和柔儿都放到情花毒刺里，使他们中毒，让丈夫二选一：救自己还是救情人。

丈夫心狠手辣，很快给了答案，迅速又坚决地一剑杀了柔儿。

裘千尺感到很满意，但还觉得没有玩尽兴，又加了一段戏，对丈夫说：哎呀，你下手未免也太快了，我只不过试试你，只要你再向我求恳几句，我便会将你们两个人都救了。

丈夫面如死灰，赔罪、赌咒、发誓：娘娘手段高明，我望尘莫及。

裘千尺像一个抓到了老鼠的猫，百般地折辱玩弄，享受着复仇的快感，却没有觉察到老鼠的愤怒。

她把丈夫的赔罪、赌咒、发誓，当成自己的高压生效了，把他打服了，然后得意扬扬继续和丈夫过日子。

不难看出，裘千尺还是喜欢公孙止的，从一开始就打算要接纳他浪子回头。然而结果是，丈夫将她灌醉，突然发难，挑断了她的手筋、脚筋，把她扔进山谷。

这个悲剧故事，很值得反思。可以说，裘千尺在对丈夫的处置上犯了几个致命错误。

第一点，没有认清楚人，没看透丈夫的真正秉性。

丈夫为了活命，一剑杀了情人，然后转头向老婆求饶，干脆利落，毫不犹豫。

旁观了这样的活剧，她居然还没瞧出来这个男人心狠手辣，还能做出"他为人本来极好，只是上了狐狸精的当"这种昏头判断，居然还轻信了丈夫的悔过，毫无防备地被灌醉，自己把头送到人家刀上。

所以，女生们千万不要被那些三流的爱情剧蒙蔽，相信所谓"坏人对谁都坏，唯独就对你好"，相信自己会是一个特殊的存在。不存在的，你没有那么特殊。一个人坏，就表示他没原则、没底线，这是不分对象的，别去赌自己是个例外。

第二点，迷信暴力，以为暴力能够换来臣服。

裘千尺可能有点暴力基因，比较迷信强硬的手段，觉得靠暴力能让男人回心转意。

暴力能够带来臣服，能够让人俯首帖耳，但也可能带来更大的仇恨，使用暴力的人往往会被暴力反噬。

可能是她在谷中颐指气使惯了，已经分不清楚别人是真服还是假服了。

第三点，瞧不起别人可以远离，但是不要去羞辱他。

在和公孙止的关系里，裘千尺一直是处在主导位置的。

两个人早先遇到的时候，公孙止还年轻，武功也弱，裘千尺对他便常像训儿子一样训。但是一些年过去，公孙止的武功、经验、年龄都增长了，你还用原先那一套训儿子的方式跟他相处，张口闭口"你给我二哥提便壶也不配"，他的自尊心就没地儿搁了。

如果看不起这个男人，觉得他不是好东西，那就果断远离他，而不要一边总去羞辱他，一边又停留在他身边，到最后给了人家报复的机会。

除了上述三点，我觉得还有第四点，那就是不要为了表现强硬，而掩盖了自己的善意。

裘千尺和女儿曾经有这么一段对话。女儿绿萼问她：妈，你说当时本来没有想杀死他情人的，是真的吗？如果爸爸真的向你恳求，你会不会饶那个柔儿的性命？

裘千尺沉吟半晌，答：我也不知道。当时我也想过饶了那个女人不杀，赶出谷去，那么公孙止可能对我心存感激，说不定从此改邪归正，再也不敢胡作非为。

你看，这是裘千尺的内心话。

　　她其实还是看重公孙止的感受的，很希望丈夫能够看到自己的付出、感激自己的宽容。

　　但是这些东西，对方完全不知道。她做的和她想的不是一个样。对方完全感受不到她隐藏的善意和柔软，只看到一个手段狠辣、绝不容情、一心要报复的厉害女人，分分钟就能让自己粉身碎骨。

　　这完全激起了公孙止的求生欲和报复欲。本来他只是想私奔逃跑的，可眼下他想复仇、想害人了。可以说，公孙止后来的作恶计划，也有一小部分是被裘千尺激发出来的。

　　本来只是一桩离婚案，生生给两个人弄成了谋杀案。

　　最后两人的结局非常让人感叹，他们同时跌落到绝情谷深达百丈的谷底，一对生死冤家同时葬身，你身中有我，我身中有你，再也分拆不开了。

　　当初好好离个婚，让孽缘和老贼都滚蛋，不好吗！

◇　婚姻是个中性词　◇

婚姻不是个褒义词，也不是个贬义词，而是个中性词。

公孙止和裘千尺，正是典型的中年互相厌恶型夫妻。

就和今天许多打架打到网上去的夫妻差不多，双方都事业有成，但是感情不顺遂，如同公孙止两口子这样。

他们的婚姻状态是很紧张的。大家互相消耗着，彼此煎熬着，抽屉里都有手枪，随时做好准备要大清算，但又一直回避着清算。双方早已经厌恶了这一段关系，却又走不出去。

打个荒诞的比方。这类婚姻就像一个两人共同修建的厕所，两人开开心心地挖了蹲坑、粉了墙壁，打算共同使用很久，却忘记修门窗，不透气。结果大家都出不去了，于是日复一日困在里面，不通空气，越来越臭，喷花露水也无济于事。两人互相抱怨，怪对方拉得太多。

有人说，两口子撕成这样，是钱太多闹的。这太简单归因了，不是这样的，就好像公孙止和裘千尺不是因为太成功了。

家庭和睦的有大佬，也有草根，就好像蹲在家门口哭的有富人，也有穷人。只能说，婚姻本身就蕴藏了这种风险，就像韦小宝的骰子，是一还是六，都是点数。

穷人受的诱惑少，出轨的概率小，更不大可能包养谁，更容易在彼此都别无选择的情况下多接纳、容忍对方，坚持过下去。

可是反过来，姑且借用一句诗——"贫贱夫妻百事哀"，太过艰苦的生活是磨刀石，不但会让皮肤、手背粗糙，也同样容易磨灭爱情，让人心变得粗粝，迅速耗光心灵里敏感、缠绵的部分。就好像一个人鞋子里全是沙，步步硌脚，必然完全顾不上去看什么"旅途风景"，只会说"狗日的世道"，走一步算一步。

富人的婚姻容易空心化，穷人的婚姻容易石化，大家都不容易。爱情对世人是不公平的，但是婚姻基本上是公平的，一样考验人。

有的人可能真的被公孙止和裘千尺的婚姻吓到，这也太可怕了，过成这个样子我还不如喂猫、喂狗，年轻人尤其会这么说。

事实上，有裘千尺这样的婚姻，也就有黄蓉那样的婚姻。对于结婚这事儿，只能有一个结论：婚姻是一个中性词。

它不是一个褒义词，也不是一个贬义词，而是一个中性词。就像单身一样，也是一个中性词，没有褒贬。

它只是一种选择、一种状态，是人生许多选择中的一种。有人爱把婚姻包装成褒义，觉得它是人生至高追求、终极意义，是一切的优先级；有人爱把婚姻搞成贬义，认为婚姻是"坟墓"，是爱情的葬礼。这都不对。

郭靖和黄蓉的婚姻是婚姻，裘千尺和公孙止的婚姻是婚姻，苗人凤和南兰这样的婚姻也是婚姻。婚姻不保证幸福，也不注定悲剧。

一个人走进婚姻的最好心态，就是先明白它是一个中性词。它是一个很勇敢的选择，而选择必然是有风险的；它也是一个美好的约定，而约定是可以解除的。

婚姻会给人带来一些东西，也会带走一些东西；会造就一些东西，也会磨损一些东西。在这里，付出不一定准时获得回报，但平时也许有惊喜。暮春三月，可能江南草不长，你把它当港湾停一停船，却有可能收取"江清月近人"的快乐。

唐朝有位叫李冶的女诗人，曾经写了一首《八至诗》：

"至近至远东西，至深至浅清溪。至高至明日月，至亲至疏夫妻。""至亲至疏"，也无非说婚姻是中性的，怎么都有可能。

如果真的能了解婚姻是个中性词，那么对于别人的婚姻，吃瓜的看客和旁观者也会少很多不必要的过高期待或是道德判断。对这个失望的，对那个谩骂的，都会少很多。那是人家的事儿。

小 昭

被爱和被需要真的是两回事

◇ 被爱和被需要是两回事 ◇

懂事挺好，太懂事就没必要了。

小昭这个女孩子，好就好在懂事，后来伤就伤在太懂事了。

懂事挺好，但是懂事懂到了义务之外，就不大有必要了，徒然损伤自己。

她给张无忌做小丫鬟，做得甘之如饴，感觉平安喜乐，似乎是因为爱情，但其实那未必是因为爱情。从根本上说，就是她愿意变得很"小"，乐意被人各种频繁、琐碎、具体地需要。

被母亲需要，去当密探、偷武功秘籍；被主人需要，去端茶、倒水、补衣服。这样她才感觉到安全、踏实，才觉得自己有一点价值，和这个冷飕飕的世界有一点稳定、坚固的联系。

她的一切行为方式，都可以在最初的母女关系上找到原因。

小昭的爱情观是被她妈妈影响的。她爱张无忌的奇异方式，也是因为她和母亲黛绮丝的关系影响形成的。她一直在当个特别懂事的女儿，因为有黛绮丝这个不靠谱的妈。

黛绮丝为了爱情罔顾一切。她是明教总教的"圣处女"，又是中土明教的"紫衫龙王"。为了嫁给银叶先生，她"圣处女"和"紫衫龙王"都不当了，与明教决裂，化装成丑老太走江湖，把前途、朋友、容貌都放弃了。

放弃事业值不值？自己的选择，旁人当然也无权置喙。但她事实上把女儿也给放弃了，这就比较不靠谱了。女儿小昭从小被寄养在别人家，隔一两年才偷偷去见一次，等于是没有母爱的。黛绮丝还灌输给女儿各种"本事"，把小昭打造成了个小工具人，不等孩子长大成人，就给匆匆派到危险无比的光明顶做卧底，偷《乾坤大挪移》。

光明顶上，小昭被人张口就骂、反手就打，要不是主角光环笼罩，怕已经死了十次。

小昭的性格就这么养成了。在她看来，母亲的爱是有条件的。自己唯有被母亲需要，才能得到她更多的关注和陪伴。所以，小昭就积极地被需要。她精通波斯文，努力学习奇门五行，善于观察人心，聪明机变，分外乖巧。母亲需要工具人，她就努力做最全面的工具人。母亲需要她不怨艾、不闹腾，她就不怨艾、不闹腾，甘当一个缺失母爱的女儿。

黄蓉跟父亲吵了架，便会离家出走表示不满，好让黄药师知道自己的委屈和愤怒。小昭却连顶嘴也不会。她百分之百地去忠实完成母亲的任务。在光明顶上，她明明已经被人识破，戴着镣铐，身处险境，但却不逃跑、不退缩，仍然百折不挠地去完成不可能完成的任务。她认为，如果任务失败，自己对母亲就不再有意义。

小昭甚至还在情感上对母亲的缺位、弃责给予了最大的宽容。她一直替母亲辩解：

> 我年幼之时，便见妈妈日夜不安、心惊胆战……她又不许我跟她在一起，将我寄养在别人家里，隔一两年才来瞧我一次。这时候我才明白，她为什么甘冒大险，要和我爹爹成婚。

你看，她自己有了爱情，便用爱情的名义宽容了母亲的凉薄和不负责任。

把自己变"小"会成为习惯的。一个人在亲情里卑微习惯了，在爱情里也就容易卑微。小昭后来对张无忌的爱，就成了她和母亲关系的翻版。

她不公开自己的情感，口口声声说只想当个小丫鬟，当着赵敏说，当着谢逊说，当着任何人都这么说，反复给男人洗脑，也给自己洗脑。她努力把自己渗透进张无忌的生活，照顾他穿衣、吃饭，让他形成对自己的依赖，一种对工具人的依赖。

她的目标不是让爱情能够得到回应，而是保住这个工具人的位置，不被这个作坊抛离。

结果是张无忌有了她穿衣、吃饭，没有了她也穿衣、吃饭，就好像母亲黛绮丝有了她这个工具人也是夺刀、盗经，没有了她也是夺刀、盗经。以至于张无忌甚至都没有充分意识到小昭的优秀，除了在一次出秘道的时候，他忽然看到小昭的真实容貌，感慨她好看之外，他对小昭的聪慧、心机、胆略长时间一无所知，以为小昭只是乖巧懂事。

而且小昭把自己变"小"，还不是只在感情上，她是全方位地把自己变"小"。她并不只是在张无忌面前才当丫鬟，在所有人面前她都变"小"。

为了盗秘籍，她扮了杨不悔的丫鬟，那是临时扮演。等到后来不用演、不必演的时候，她仍然在习惯性地当这个丫鬟。

张无忌随手给她一朵珠花，她开心得"双颊红晕"，第一反应却是低声说"那可多谢啦。就怕小姐见了生气"。小姐就是杨不悔。她的出身比杨不悔明明只贵不贱，至少也是相当的，可她就顺理成章地认了自己是丫鬟，别人是主子，怕别人生气。

在"小"的状态里，她才感觉到安全，感觉到自在，感觉到自己被需要。所以她也搞不清楚张无忌是喜欢自己，爱自己，还是需要自己了。而被爱和被需要真的是两回事。

纪晓芙

有时越想努力周全一切，越会把所有人都伤害一遍

◇ 做人不能既要、又要、还要 ◇

人是要做选择的。太想周全一切，不肯做任何选择，不想伤害任何人，结果可能就是把所有人都搞伤了，尤其是自己。

《倚天屠龙记》里看得让人最憋屈的一幕，就是纪晓芙饶了丁敏君不杀。

对手那边，彭和尚明明已经将丁敏君制住了，一剑杀死，一了百了，纪晓芙却非要放了。

彭和尚苦劝：这女人对你早有歹心，多次加害你，又胡言乱语毁谤你名声，不能留活口，若不杀她，日后定大大不利。说得再明白不过了。纪晓芙却坚决不肯。

其后果然应了彭和尚之言，纪晓芙被丁敏君谗毁而死。看得人气破胸脯。

纪晓芙为什么这样糊涂下不了手？那便是她有个致命弱点，或者说有个致命的心结，就是既要、又要、还要。

道德、伦理、爱情、师父、同门、名誉，什么都要最大限度去维护，一样都不肯放弃。说白了就是这个女人太好了，所以也就太求好了，道德洁癖太重，太想要全须全尾了。然而，做人恰恰不能既要、又要、还要。

纪晓芙是追求爱情的。这本来挺好。她爱魔头杨逍，公然表示"不悔"，但同时她也要师门，死活不肯离开峨眉。

问题是，这两件事不相容。你的师门容不下你的爱情，你得做选择。

纪晓芙是讲究宽仁的，这本是好事。她对敌人都常怀恻隐之心，连丁敏君这种心腹大患都不肯杀，老顾念着同门之义。问题是她自己要求生求存，得活下来，活下来才能带孩子。这两件事也是根本矛盾的，因为你的同门就想你死。

纪晓芙还是个有主见的，这也是好事。所以她在感情上绝对不犹疑，明确地知道自己喜欢谁。问题是她又不肯伤害别人，对未婚夫殷梨亭犹犹豫豫，总不肯挑明、悔婚。这也是矛盾的，你得做选择，大家都在等你的选择。

她还是个诚实的，死活不肯骗师父。师父要她去刺杀杨逍，她原本只需要答应下来，就能光明正大地去找杨逍团聚了。然而她抵死不肯说谎，最后被师父痛下辣手击毙。

仁也要，义也要，信也要，爱也要，师也要，亲也要，家也要，女儿也要。好不好？都好，但是做不到，它们彼此矛盾。这个世界不是美好和美好的结合体，而是美好和遗憾的结合体。你得做选择。

在那么多重要的东西里面，总有更重要的。是师父？是女儿？是杨逍？是殷梨亭？还是峨眉派？

如果想当峨眉派的好徒弟，没问题！那就踏踏实实待在峨眉，发挥好自己的优势，当上掌门，清除丁敏君这种害群之马，把峨眉派发扬光大，这才是对峨眉派真的好。

如果想保全自己和女儿的岁月静好，那就先隐居，不要理江湖纷争，把峨眉派的过去彻底忘掉，埋头做好鹌鹑，活下去。

如果想当一个维护武林正义的江湖人、锄强扶弱，那就注意方式方法，首先得懂得对灭绝师太阳奉阴违，利用她的性格弱点去达成自己的目的，要善于跟丁敏君这种滥杀无辜、一心立功的正派狗腿斗争，否则你救人的速度都赶不上她杀人的速度。

如果想要爱情，那就牺牲一点所谓诚实，在师父面前撒个谎，赶快带着女儿找到杨逍，管他江湖怎么评价。

这些选择其实都不坏。但是你什么都不选择，谁都怕伤害，结果便是适得其反，所有人反而都被你"伤害"了一遍。

"伤害"了殷梨亭吗？伤害了！因为她对殷梨亭从来没有明确拒绝，从来没有明确地去退婚、拒婚，弄得殷梨亭一直搞不清楚情况。在纪晓芙死后，殷梨亭更是恍恍惚惚，一心想着为她报仇，连"天地同寿"这种同归于尽的拼命招数都搞出来了。这么想想，殷梨亭是不是也蛮惨的？

"伤害"了丁敏君吗？伤害了！因为你都明明带女儿归隐了，摆明了不参与接班人竞争，给了丁敏君希望，却又总心系峨眉跑回来，让丁敏君永远要面对你的优秀、你的杰出。以丁敏君的狭隘心肠哪里受得了？当然是痛苦煎熬。

"伤害"了灭绝师太吗？伤害了！你本是她最器重的弟子，是属意的传承衣钵的人选。你跑了也就跑了，私奔了也就私奔了，灭绝师太就当你死了，这个徒弟白收了，也不作他想。可是你又跑回来，似乎还顾念师门，重新给了她希望，但最终仍然违抗她的命令，死活不肯去杀杨逍，让她亲手拍死你，还不如当初就跑了，对不对？

伤害了杨不悔吗？伤害了！害得杨不悔小小年纪没有了妈，还险遭杀身之祸。

当然，她伤害最重的还是自己和父母双亲。

所以纪晓芙的原地踏步、畏于选择，努力想周全一切，其实是把所有人都伤害了一遍，她所顾念的任何一方都没保护好。

多亏有张无忌，给她料理了后事。假如没有张无忌呢？纪晓芙的选择导致的结果是什么？思之让人不寒而栗，那就是小杨不悔也在蝴蝶谷惨死了，被峨眉派"斩草除根"；杨逍终生不会知道纪晓芙的心意；殷梨亭在光明顶会憋着一口气跟杨逍同归于尽；灭绝师太则到处宣扬纪晓芙的败德和不争气；丁敏君则还在横行，继续中伤下一个同门；最后，只剩纪晓芙的父母在无尽的污蔑和痛苦中度过余生。

这是纪晓芙想要的结果吗？付出了这么多，周全了这么多，就得到这样一个结果吗？这等"既要、又要、还要"，是不是最大的失策？

人生总是要做选择的。在一切看上去都很重要的东西里面，也仍然会有一些更重要的东西。

好心死活不肯骗师父，却不知师父灭绝师太自己就是个骗门老手，前前后后安排多少轮"美人计"去骗人了，先让纪晓芙去色诱杨逍，后让周芷若色诱张无忌。这种人骗她一骗怎么了？

周芷若

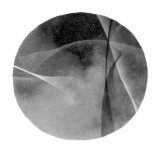

这个世界上只要有一个人无条件地爱你，
就是对一个人自尊心的最大保护

◇ 她和张无忌在一起没前途 ◇

周芷若缺乏安全感。她找对象不完全是找爱情，还找一份安全感。赵敏管张无忌要的则只是爱情，什么承诺、保证、安全感都可以不要的，那些她自己有。她只要爱情。

张无忌和周芷若，这两个人在一起是没前途的。曾经有读者问道：赵敏和周芷若你站谁？其实我站谁都不管用，金庸老爷子站才管用。但要说个人看法的话，我觉得张无忌和赵敏更合适。

周芷若这个人缺乏安全感。她找对象不完全是找爱情，还找一份安全感。这个小姑娘一直活在没有安全感的世界里。她是汉水上船家的女儿，从小没了娘，父亲又去得早，生活很动荡。

后来到了峨眉派这么个大公司，应该有安全感了吧？照样不，仍然活在师父的高压和无处不在的同门倾轧之中。纪晓芙之死就是前车之鉴。

所以爱情似乎不是她最渴望和急需的，安全感才是。她和张无忌在一块的时候就总要做"安全感验证"，比如老喜欢让张无忌发誓，隔三岔五要张无忌保证："你日后会不会……""将来若是你……""只怕你以后……""我要你亲口答应我……""我要你正正经经地说……""我要你说得清楚些……"这就是一种安全感验证，隔几天不验她就慌，似乎自己的东西随时要失去。

周芷若还做过一件事——上吊。你可是金庸的女主角啊、大青衣啊，居然上吊！你看金庸别的女主没有一哭二闹三上吊的，周芷若就干得出。要说压力大、心理负担重，小龙女发现自己被奸污，程灵素一直陪着那个心不在焉的胡斐，负担也大、也重吧，可都不至于这样崩盘上吊。周芷若是真的没有安全感。

可偏偏张无忌自己就是个没安全感的。他自己都没有的东西，怎么提供给周芷若？张无忌也不是在找女朋友，是找妈来着。他一开始撩周芷若是为什么呢？很有趣，是因为念念不忘周芷若给他喂过饭，所谓"汉水舟中喂饭之德，永不敢忘"。你看，这不是找妈吗？

非要找原因的话，他和周芷若很像，也是亲情缺失，也是个父母离开得早的。父亲没了倒还好，武当六侠都充当了他事实上的父亲。再加一个张三丰，老爷子伟力如山，等于是父亲的平方。所以在父爱这一点上他得到了弥补。但母爱就补不上了，张无忌后来一直特别想妈妈。

张无忌和周芷若在一起，你就发现两个人特别地累。那当然了，两个都在找爹妈的人凑到一起能不累吗？张无忌后来自己说了，对周姑娘是"又敬又怕"，就是这种关系的写照。

再看赵敏，你就发现为什么说赵敏和张无忌搭了。赵敏最不缺的就是安全感。她娘家给力，她自己的生命力强悍，所以赵敏不知世上有可畏之事，不知世上有可畏之人，张三丰她都敢派人去揍一下试试。几大武林门派当年为了屠龙刀，曾经围堵过武当，那么多高手、掌门、神僧，没人敢真去打一下张三丰，可赵敏这个愣子却说揍就揍了。

这画风，活像是张三丰在演讲，其他掌门、高手只是小声地在台下嘘一嘘，忽然赵敏这个愣子上去就给倒了一瓶水。

赵敏管张无忌要的只是爱情，不要其他。甚至什么承诺、保证、安全感都可以不要的，那些她自己有。她只要爱情。在张无忌面前，赵敏活像一块加血的大水晶，可以源源不绝地给张无忌输出生命能量。张无忌不管多么蔫儿，碰上赵敏就回血。

有一点非常重要，张无忌和赵敏在一起的时候，有荷尔蒙的感觉，你能感觉到会有男女间特有的火花在跳。从一开始两人搭上的时候就是这样了，绿柳山庄里捏脚，荷尔蒙感爆棚。

张无忌和赵敏聊天，可以越聊越骚，比如"今夜就要你以身相替，赔还我的洞房花烛"云云，这些骚话他和周芷若在一起的时候半句都说不出来，只会说"芷若，我敬你、爱你"云云，仿佛那不是他女人，而是圣火，是明尊。男女之间还是要有荷尔蒙的感觉的，不然这种爱情会很麻烦，少了"原力"。后来，濠州的那一场婚礼上，"新妇素手裂红裳"，张无忌本能地逃离了周芷若，奔向了赵敏。那是一场荷尔蒙的奔跑。我觉得《神雕侠侣》里杨过的台词给他才合适——"我好快活！""我好快活！"那是张无忌的灵魂在欢叫。

◇ 周芷若和杨康才是一对儿 ◇

不但周芷若和杨康是一对儿，连他们的师父灭绝师太和丘处机都特别般配，都是爱打爱杀，只管自己安排，不管别人乐意与否的道德家。

每次看《倚天屠龙记》，都替周芷若累得慌，觉得她和张无忌不是一对儿，反而和另一个金庸人物——杨康很登对。

周芷若心机很重，也有不断上进的雄心。她喜欢强大的男人，张无忌是明教教主，武功又是天下第一，原本非常符合她慕强的心性。但是可惜，张无忌徒有武功声望，却没什么野心，不太看重事业，只想当个佛系青年。

所以，这两个人相处起来特别别扭。

周芷若跟张无忌一聊起未来，就忍不住给他规划人生，自觉当起励志导师来，猛打鸡血。

比如张无忌梦想着功成身退、交出大权，周芷若就说：

"……天下大势都在你明教掌握之中，如何能容你去享清福？"

张无忌说自己没才干，不适合当教主，周芷若就撺掇：

"你年纪尚轻，目前才干不足，难道不会学吗？"

活脱一副恨铁不成钢的口吻。

书上还有个细节，下属韩林儿给二人拍马屁，说张教主要做皇帝，周姑娘要做皇后娘娘。周芷若听了心花怒放、不胜之喜，张无忌却赶紧否认，又是赌咒又是发誓，说万万使不得，自己真有此心天诛地灭，一副没出息的孬种样子，让周芷若颇为失落且尴尬。

这样的两个人，真结了婚肯定要闹别扭。小张倘若继续当明教教主也就罢了，假如真是退了下来，门庭冷落了，无权无势了，估计要天天被周芷若嫌弃，整天念叨没完，劈腿陈友谅之类的概率也很不小。

有这种根本上的三观不和，相处起来太难受，偏偏金庸小说里，这种情侣还不少。

殷素素和张翠山，女的洒脱主动，是行事出于自专的"妖女"，男的则囿于成规，是名门大派的标准模板弟子。二人要不是因为共同流落荒岛，绝对成不了。

杨康和穆念慈，一个惦记着要为大金国建功立业，继承王位，一个想着要认祖归宗，做个堂堂正正的大宋子民，二人也种种别扭、心累。

这些不合适的情侣，如果打乱了重来，大家都会开心得多。比如周芷若就最配杨康。把他俩凑一对，重大问题立马迎刃而解。

杨康很想上进，想当小王爷，想执掌大权，还说要让女朋友当王妃。他比张无忌锐意进取多了，欲望都赤裸裸写在脸上。假如换了周芷若为配偶，那简直完美，对象再也不用担心我的事业问题了。周芷若或许会像激励张无忌那样激励杨康：好好干，你可以的！

以周芷若的心机手腕，或许还能不断给他出谋划策，为大金国建功立业。《武穆遗书》拿出来，疆场上运筹帷幄；霹雳雷火弹练起来，沙场上所向披靡，杨康何愁大事不成？

穆念慈和杨康在一起时，道德包袱很重，时刻不忘自己是个汉人，不能失陷金国。周芷若却没有这种道德包袱。比如同样是跟明教中人有感情纠葛，纪晓芙就老是心怀负疚，担心对不起师门，周芷若则不然，可以戏假情真地跟明教教主张无忌打情骂俏、谈婚论嫁，毫无心理负担，管他三七二十一，先拜堂再说，一边跟明教教主谈恋爱，一边当峨眉掌门搞权力，两手抓。

这样的周芷若，会因为自己是个汉人，就不愿意享受权势富贵吗？多半不会。她跟杨康真是不谋而合，天造地设。

事实上，不光是这俩徒弟在一起合适，杨康、周芷若两人的师父也很登对。

一个是全真派的丘处机，一个是峨眉派的灭绝师太，职业性质很相近就不说了，关键是性格也非常合得来。当然，此处指的是虚构的小说人物，和真实历史人物无关。

两个人都是一样的脾气，用重庆话说就是"犟拐拐"。两人都爱以正义的化身自居，疾恶如仇，眼里何止容不得沙子，简直是容不得PM2.5，今天打邪魔，明天铲淫贼，说谁是邪魔外道谁就是邪魔外道，不问青红皂白，先打后商量。

两人还都特喜欢给人家做安排，往大里说就是主宰别人的命运，不管当事人的感受。丘处机说把穆念慈配给郭靖就配给郭靖，灭绝师太说让周芷若去勾引张无忌就得去勾引张无忌。管你愿不愿意，我是为了大义。

这二老要是能见面，只要不互掐，多半一见如故。要是能携手同闯江湖，组成"赏善罚恶二使"，岂非绝配？

事实上，除了这几对，金庸的小说里还有很多对可以完美组合。

欧阳克和朱九真，二人从出身到颜值其实都很登对。一个是公子哥，一个是大小姐；在爱好上，一个喜欢养爬行动物，一个喜欢养恶犬，正可以交换一下饲养宠物心得。

最重要的一点是，练蛤蟆功的碰到练一阳指的，天生就是命理克星。对欧阳家来说，怎能放任这一克星在外面乱跑？显然收入自己家中才是最稳妥的办法。

又比如丁敏君和公孙止，也是绝配。这两人都很歹毒、很阴险，都喜欢在自己人背后捅刀子。他俩要是组成一对，放到一起相互祸害多好，绝情谷公婆互捅，省得放出去给人添堵。

就连殷素素，最般配的也不是张翠山。张翠山以名门正派自居，为人迂腐腾腾，辅导员气质十足，和殷素素在一起其实两个人都委屈。他真的不大适合殷素素。

真正适合殷素素的男人，得是特超脱的，不在乎什么正邪之分，不惧世俗的眼光，做事又够狠的，比如黄药师。这两个人要是在一起，所有问题迎刃而解，桃花岛从此一片祥和。

有了殷素素这样的师娘，哪里还怕镇不住梅超风？

◇ 周芷若的变态，不怪婆家怪娘家 ◇

周芷若的性格扭曲变态，有一大根源是她不像赵敏，有疼爱自己的父亲和兄长。周芷若从来都没有一个温暖的娘家。

周芷若变坏，是有一个过程的。刚出场时，她斯文温柔，心态也比较健康，虽然一直都很有心机，但始终奉行一套中庸之策，绝不和人撕破脸，做事不走极端。

师姐逼她去打人，她装作受伤，两不得罪。门派里抓到了俘虏，只有她来送馒头。

但自从和张无忌谈了恋爱，周芷若就像变了个人，女一号不做了，立志争做反面一号，阴险毒辣，到处结仇，对情敌、政敌通通搞肉体消灭，还滥杀无辜。

在少林屠狮大会上，有一个人不过是公开说了她几句坏话，居然遭到炮决——被峨眉派用炸弹炸死。

周芷若怎么了？她为什么会忽然变态？

最容易想到的就是怪男方不好：张无忌不好，朝三暮四，摇摆不定。金庸的女主角们一般有一个情敌就很费劲了，黄蓉只有一个情敌华筝，任盈盈只有一个对手小师妹，可周芷若偏偏独享三个情敌，还个个都不是省油的灯。

男方不好，男方家里的人也不够好，比如祖师爷张三丰。张无忌逃婚，当场把周芷若撂下了，这事发生后，张三丰作为婆家人的最高代表，是没有尽到责任的。

他们俩结婚的时候，老爷子倒是锦上添花，送来了一幅字"佳儿佳妇"。可小两口闹崩的时候，就不见他雪中送炭了，不见他作为大家长出来转圜一句，批评一句张无忌，抚慰一下周芷若。

张三丰对周芷若，其实恩情是很深重的。周芷若小时候父母双亡，是张三丰收留了她，托关系送到峨眉去学艺。何况他老人家又是武林的泰山北斗，一句顶他人一万句。如果他真负起大家长的责任，出面积极挽回，便多少能给周芷若和峨眉派一个台阶，小两口未必没有机会复合。就算实在不能复合，也至少能消弭一点仇怨。可惜，张三丰却未有所作为。

还有武当五侠、明教诸侠等等，也都算是婆家人。他们都对这件事关心不够，不积极挽回，都要被扣分。

　　然而我想说，对于周芷若这样有主见、心智健全的女性，男方家的人不够好，固然会让她伤心、委屈，但并不足以让她扭曲变态。

　　换句话说，让一个女孩子流泪，可能是因为男方的爱不够；但真正让她变态的，是自己家的爱不够。换句俗话说，娘家没有爱，才是最要命的。

　　对比一下就知道了。周芷若的最大情敌是赵敏。赵敏在张无忌那里也是够受委屈的。男朋友误会她，明教的人不喜欢她，武当派的人也嫌恶她，大家都反对张无忌和她在一起。另外三个情敌也一度联合起来对付她。

　　赵敏也伤心过，委屈过，哭过。最难过的日子里，她点上一大桌子菜，故作开心地狂吃，然后眼泪一滴滴落到饭碗里。

　　可是她却没有变态。她的斗志始终昂扬，心地始终阳光，深吸一口气，揉揉眼，又恢复了妖女的强大气场。

　　其中一个最大原因，是她有一个好娘家，她的爸爸和哥哥都很爱她。

　　赵敏的爸爸是汝阳王，权势很大，但对于赵敏，他和普通的慈父没有什么区别。

　　有一回，赵敏对父亲以自杀相挟，要和张无忌私奔，汝阳王当时的表现，完全就是一个极其牵挂女儿的慈父：

（汝阳王）泪水潸潸而下，呜咽道："敏敏，你多保重，
爹爹去了……"走了十几步，又回过来问："敏敏，你的伤
势不碍么？身上带得有钱么？"

有这样一个父亲，赵敏就永远有退路，世界对她而言就总
有一块地方是温暖的。即便爱情不幸福，婚姻触礁了，但那就
像出海的船只遇到风浪，总有港湾可以躲避、可以大修，她就
没有那么容易扭曲。

相比之下，周芷若的娘家又是一群什么货色呢？

首先就是一个没有人情味的师父——灭绝师太。对这个师
父来说，名声重要，公司的业务重要，在武林里扬威立万重要，
就是女徒弟的爱情和幸福不重要。

然后就是一帮半点也倚靠不上的师姊妹，比如头脑僵化、
迟钝的大师姐静玄，一群没主见的同门，还有一个嫉妒成性、
惯于内斗和害人的丁敏君，时时刻刻和你作对。

在峨眉派这样一个所谓的娘家里，周芷若号称是"师父最
喜爱的弟子"，其实除了给自己招来许多嫉妒，她没有感受到什
么温暖，连一个说心里话的人都没有，时时刻刻都要想着自保
和自全，不要触怒狠辣的师父、善妒的师姐。

对于这种女生来说，一旦感情上的境遇不好，天地间就立
刻一片冰冷，没有退路。她们往往只能强化一种选择：要变狠，

要变硬，要变强，否则就无法自保。必须争取一切可以争取的，战斗一切可以战斗的，拼命往极端上走。所以到了后来，赵敏的心机和能量都用在了开开心心撩男人上，而周芷若的心机和手段全部用在了自卫和复仇上。

最后，周芷若如愿炼成了小女魔头。她没有饶过那些"娘家人"，第一件事就是铁腕治理峨眉派。

当年哪怕是在灭绝师太治下的峨眉，女弟子们也有活蹦乱跳、喊喊喳喳的时候。可在周芷若治下，峨眉的气氛变得肃杀可怖，甚至是阴风惨惨、鬼气森森，弟子们一个个也都变得冷峻、狠恶，也不知道经过了她什么样的辣手整肃。

还有那个"宫斗女王"丁敏君，以前一直欺负周芷若，后来凭空消失了，连她的下场也没有交代，不知葬身何处。

这对于周芷若和峨眉来说都是遗憾的事。扭曲了我，消灭了你，大家都没有好结局。

因此一句话，娘家人好真的很重要，再内心强大、貌美如花，也需要有一个好娘家。

赵 敏

做人，还是大度些

◇ 我替周芷若说句话 ◇

在一些"正派人"的眼里，自己人倘若变坏，一定不是他自身的原因，必定是被坏人所误；好男人倘若变坏，自然是被坏女人所误。

单独聊聊《倚天屠龙记》里赵敏的一句话。这句话特别耐人寻味，因为它是赵敏主动为"情敌"周芷若说的。

凶恶狠霸的绍敏郡主，居然为情敌说话，是不是很让人好奇？

赵敏说这句话时的背景，是自己被武当派冤枉了。当时，武当遭遇门户大变，七侠莫声谷被害。武当四侠起初认定凶手是张无忌和赵敏，一路纠缠追击。

不久后真相大白，凶手竟然是武当弟子宋青书。原来宋青书为情所困，沦为"痴汉"，跑到峨眉女生寝室去偷窥周芷若。师叔莫声谷发现后，非要追查此事，宋青书狗急跳墙，终于弑叔。

换句话说，这是一起因为感情问题导致心理变态，最后事态升级而酿成的血案。

武当四侠得悉实情后，明白错怪张无忌和赵敏了，自然是老脸一红，挺不好意思。四个叔叔对张无忌致了歉，温慰了几句，踏上了追捕真凶宋青书的路途。

故事到这里本来便告一段落了，然而有趣的是，赵敏忽然说了一句话：

> 哼！宋大侠他们事后追想，定不怪宋青书枭獍之心，反而会怪周姑娘红颜祸水，毁了一位武当少侠。

这句话说得有趣，可以说是牢骚、不满、愤懑、委屈、惆怅倾泻而出，说得痛快，说得好，说得妙。

解释一下何谓"枭獍之心"。枭和獍，一为恶鸟，生而食母；一为恶兽，生而食父。"枭獍之心"就是叛亲无义的意思。

如果是换了别人，可能要借机对情敌直接落井下石几句：

"看吧，早就看出周芷若不是什么好东西，不然为什么宋青书不去偷窥别人，而偏偏是去偷窥她？"

然而赵敏没有这样说，反而是给周芷若以很大的理解和共情，并且给了武当几侠的心态做了最恶意的揣测：我们宋青书好端端地，都是被周芷若给毁了。

那么，这种揣测是否小人之心呢？还真不是。就在此前不久，四侠说起张翠山来，结论就是"惑于美色，闹得身败名裂"；然后又拉着张无忌嘀嘀咕咕，要他远离赵敏：

> 这赵姑娘豺狼之性，你可千万小心。宋青书是前车之鉴，好男儿大丈夫，决不可为美色所误。

站在四侠张松溪的立场上，这话似乎也没错。但倘若站在周芷若的角度，就觉得很硌硬了。何谓"为美色所误"？明明我才是受害者，怎么倒成了美色？

我人在家中坐，祸从天上来，莫名被你师侄偷窥，将来还不知要面临多少江湖谣诼，怎么最后反倒我成了"美色"、成了误人者？我到底是原告，还是被告？

这是一种常见的思路：好人倘若变坏，一定不是他自己的原因，乃是被人所误；好男人倘若变坏，自然是被坏女人所误。

《红楼梦》里，贾宝玉跑去勾搭金钏儿，结果母亲王夫人发现后翻身就给金钏儿一耳光："下作小娼妇，好好的爷们儿，都叫你教坏了。"

在家长的眼里，爷们儿是好好的，坏都是被金钏儿之流的"下作小娼妇"勾搭的。就好比在武当四侠眼里，他们的青书侄儿自然也是好好的，是一身正气、一尘不染的，只不过被周芷若祸水了而已。

古代的皇帝不坏，是给坏女人魅惑的。近代的贪官不坏，是被坏商人诱惑的。类似种种，不都是这种论调的延续吗？

这种思维有个特点，就是永远剥夺别人做好人的机会。

倘若宋青书这种人永远是君子，那就是抵御住了诱惑。

倘若没有做成君子，那就是被别人祸害、腐蚀的。

自己人的本质永远是好的，而对方的本质永远是坏的。自己永远是被动的受害者，而对方永远是主动施暴的。这就是好人逻辑。

事实上，赵敏突然冒出这句共情周芷若的话来，主要还是因为自己。她也是在为自己说话。

《倚天屠龙记》所有女人之中，谁背负的误会和骂名最多呢？显然是她自己。一路走来，她已经听过太多"妖女""魔女""贱人"之类的谩骂了，耳朵长茧，都已经听习惯、不以为忤了，可奈何身边的张无忌也冤枉她，认定她杀了表妹，甚至劈劈啪啪打她耳光。

　　赵敏再云淡风轻，再皮厚麻木，也总要自怜自伤，总会憋屈痛苦。这句话，她实在是忍了好久，所以才在这个当口情绪上头，抓住机会把武当四侠这种正人君子讥诮一番。

　　而且这话也是在提醒张无忌，那就是周姐姐会被误解、被委屈，我也同样会被误解、被委屈。倘若哪一天我被委屈了，你要识得我的委屈。

　　这个女人还是大度的。如果是换了心眼多些的，可能就像我们前面说的，要借机对情敌直接落井下石几句。

　　然而，赵敏却没有。同性之间，永远是有一些默契、理解和共鸣，是可以超越竞争的。就好像赵敏这句话。

殷离

草如茵，松如盖，西陵下，风吹雨；仿佛是无物
结同心，烟花不堪剪；仿佛是不识张郎是张郎

◇ 殷离：也许根本就没有复活 ◇

"殷离复活"这个故事，可能只是张无忌内心深处为自己设计的一场解脱。它被打扮成一个美好而遗憾的样子，叫作"不识张郎是张郎"。其实，不过是这个负疚、痛苦、无能又无力的男子，终于要彻底逃避和遗忘了。

《倚天屠龙记》的结尾，有一段凄婉又让人唏嘘的情感故事，叫作"不识张郎是张郎"。

张无忌有个表妹叫殷离，一直深爱无忌，却不幸被人害死。在小说结尾，她居然复活了，还告诉张无忌：我不爱你了；你不是我小时候爱的那个人了，你不是和善的曾阿牛，不是倔强的小张无忌了；我放你去飞。

　　这一段故事，儿时看着觉得很感动，后来却是越看越觉得诡异。明明已经凉透了的殷离，像是带着使命一样，从千里之外的乱石堆里爬出来，不辞辛劳地爬上少室山，来到情人面前，交代了几句话后就轻飘飘地走开。从出场到离去，都透着一股鬼影幢幢的虚幻。

　　事实上，完全有这样一种可能：殷离压根儿就没有复活。她的"现身"，乃至这整个"不识张郎是张郎"的故事，就是张无忌的一场精神幻觉。

　　殷离之死，是在一个无名海岛。她死的时候，是张无忌眼睁睁在旁看着咽气的，查验无误才下葬。

　　张无忌医术之高、内功之深，当世不作第二人想。这样一个大高人，连人死没死也看错了？况且张无忌还用乱石块把她给埋了，即便埋得再浅，按文中说也有二尺。再者，埋人也不大可能纯用石块，总要用土的，殷离岂有生理？

　　再者，殷离也不大可能出现假死的情况。假死一般出现于猝然的损伤，比如溺死、扼死、触电、中毒等。《天龙八部》里马夫人看镜子被自己丑陋的样子吓死，说是假死倒有可能。而殷离是伤上加伤，高烧昏迷了多日，又被周芷若拿倚天剑划了十几道，如何假死？退一步说，就算没死透，也不大可能活着回来。海上一个无名孤岛，没有淡水，没有药品，没有食物，压在石堆里好些天、醒后虚弱至极的小姑娘怎么回来呢？

当然了，永远不排除有人间奇迹。但相比于"奇迹"，有一种更现实得多的可能：明明死透了的殷离之所以能"复活""回来"，不过是因为有一个人心里想她回来，所以她就"回来"了。这个人就是张无忌。

殷离"回来"的那晚，本身就极诡异。当时，少林寺殿上正在进行一场超度法事。那场超度本是为周芷若而做的，而周芷若恰恰就是杀殷离的凶手。周芷若当时精神状态极度糟糕，惊魂未定地来寻张无忌，语无伦次、神情错乱，说有恶鬼来索命。

她亏心事做太多了，已是两手沾满鲜血，杀人、伤人无数。殷离、杜百当、易三娘、司徒千钟、丐帮龙头……这许许多多无辜之人的惨死，要么是她直接下手，要么是纵容属下所为，不知名的遇害者还不知有多少。

亏心事做多了，总会良心难安，精神扭曲、疑神疑鬼便很好理解。弄不好少林寺弟子晒的僧衣夜间在她身旁飘过，都能把她吓个半死。受到惊吓后，周芷若六神无主，认定是殷离来索命，于是一股脑儿把当日在小岛上如何杀害殷离、盗取屠龙刀的事全向张无忌倒了出来。

这件事本就是张无忌心中的巨大负担，可他却一直选择装糊涂，一味回避。他惧怕真相，不敢面对，渴望就此稀里糊涂、不明不白下去。 然而，周芷若在极度恐惧下的自陈罪状，让真相完完全全地摆在了张无忌面前，再也不容回避。 眼前这个女人杀害表妹，隐匿恶行，嫁祸他人，罪大恶极。

　　原谅她吗？ 那如何面对惨死的表妹殷离？ 自己又有什么资格替殷离原谅？ 不原谅她吗？ 一掌击死她吗？ 可那又是张无忌决不肯干的事。

　　所以他痛苦、纠结、颤抖、战栗。那一刻，崩溃了的已经不是周芷若一个人，而是两个人了。

　　看当时的情景，少林寺大殿中诵经声阵阵，数百名僧人身披黄袍，合十低念。 殿中蒲团上，周芷若跪倒忏悔，供桌上赫然供着"女侠殷离之灵位"，如同招魂。这个灵位，更加刺激了张无忌。

　　他迷惘地问空闻：方丈，人死之后，是否真有鬼魂？ 空闻说：佛家行法，真正超度的乃是活人。

　　哪个活人最需要超度呢？ 张无忌。

　　然后，殷离就出现了。迟不出现，早不出现，在法事大作、阴风阵阵的时刻出现，也恰恰在张无忌压力最大、精神最恍惚迷离的时候出现。张无忌看见了"她"，周芷若也觉得看见了"她"，然而，注意书上的一句话，"空闻和群僧都没见到"。

　　怎么旁人都没见到，就精神恍惚的张无忌、周芷若见到了？ 群僧看不见也罢了，空闻是少林方丈，内功、眼力都臻化境，怎么发现不了区区一个殷离偷窥？

然后，夤夜之中，少林山道上，诡谲程度达到高潮，张无忌真的“见到”殷离了。“复活”的殷离说了两件事。

第一，我没死。第二，我不爱你了，你不是我爱的那个张无忌了。她随即飘然而去，徒留张无忌伫立原地、满心怅惘。

仔细一琢磨，这两件事究竟是谁最愿意看到的？是谁内心深处最渴盼的东西？恰恰是张无忌！

他极度渴望殷离未死，因为这样一来，便可以大大“减轻”周芷若的罪行，他就可以不用手刃千娇百媚的周姑娘，可以逃避为表妹复仇一事。

他还极度渴望殷离放下对自己的爱，不要再痴缠自己。因为他本来就不喜欢殷离。当年他和殷离曾在稀里糊涂的情况下有过一个“婚约”，这个“婚约”一直是他的道德枷锁，是他沉甸甸的负担。殷离“复活”了固然好，可是婚约怎么办？于是，“复活”的殷离如他所愿地说出了那一番话、他渴盼已久的话：我不爱你了，我放下你了，我不识张郎是张郎。

一次“复活”，消除心中两大负担，还有比这更完美的“复活”吗？相比于近乎神迹的“殷离没死”，这是不是更像张无忌的一次精神幻梦，一次内心深层次愿望的疯狂暗示和投射？

张无忌是在什么时候开始出现精神上的幻想状态的？有两个可能。

一是在少林寺的法会现场上。他之前先尾随了一个很像殷离的"黑衣少女"，这时精神状态已经不稳定了。待到了少林寺法会上，现场强烈的气氛，加上那一番和空闻大师关于魂魄的对话，都极大地感染和暗示了他，使他出现幻觉，随即殷离"复活"。这是第一种可能。

除此之外，还有另一种可能。那便是整个少林法会的现场，包括和空闻大师的对话，以及后来遇见殷离的全部过程，统统都是幻觉和迷梦。有依据吗？也有，因为在这之前，张无忌恰恰是疲惫之极，睡了一觉：

　　　　找到一根横伸的枝干，展身卧倒。劳累整日，多经变故，这一躺下，不久便沉沉睡去。

后来的一切故事，都是在这一觉之后。张无忌自以为在中夜醒来，一路尾随一名疑似殷离的"黑衣少女"，然后进入少林法会，再遇见殷离"复活"并与之对话，还有赵敏旁听以上种种，都是在他沉沉一觉之后。焉知张无忌是梦，是醒？是真，是幻？

所以，也许根本没有什么"不识张郎是张郎"，根本没有什么"表妹复活"。在遥远的海岛上，一生情路苦涩、饱受创伤的殷离骨骸已朽。这边则只有一个活着的无忌哥哥，要逃避内疚，要洗脱罪责，要卸下道德枷锁，要强行让自己释怀，于是在恍惚之下、迷离之中，便幻想和投射了一个虚无的复活故事。

这个故事，是张无忌内心深处为自己设计的一场解脱。它被打扮成一个美好而遗憾的样子，仿佛是那首诗，草如茵，松如盖，西陵下，风吹雨；仿佛是无物结同心，烟花不堪剪；仿佛是不识张郎是张郎。但实际上，那不过是张郎对自己的救赎而已。

一个负疚、痛苦、无能又无力的男子，终于要原谅自己了。这就是全部的真相。

丁敏君

不要当别人的"棍子"，风险太高且收益太低

◇ 不要给人当棍子 ◇

当别人的棍子，风险极高且收益很低。你的野心和善妒，有可能会被上司或同僚利用，让你充当打手，呆白给人做粗活，就像丁敏君枉自做了一辈子粗活一样。

峨眉派的丁敏君，是一根"棍子"。"棍子"就是她的属性和定位。

在峨眉派，她资质平平，武功也差，但却堪称是最有存在感的一个，经常上蹿下跳、搅风搅雨。因为她是"棍子"。所谓"棍子"，就是专门打击同门、中伤同门的，丁敏君就是这么个角色。峨眉的两个同门师妹纪晓芙、周芷若都被她重手打击过。

"棍子"之所以成为棍子，是因为她们往往有两个特点：第一有野心，第二善妒。丁敏君就是这样。她本事平平，却觊觎峨眉掌门人的位子，一心想要那个掌门铁指环，这是有野心。然而，有野心未必就会成"棍子"，还必须加上一条善妒。哪个同门要是发展得好、进步得快，她就妒火中烧、食不知味。

如此一来，就渐渐走上了和人作对到底的"棍子"之路了。

"棍子"的如意算盘往往是这样的：打掉那些当红的、优秀的、仁柔的，扫清前进路上的一切障碍，让我取而代之。

纪晓芙得师父宠爱的时候，她就针对纪晓芙，告刁状、下黑手。后来，纪晓芙被坑死了，改为周芷若当红得宠了，她又针对周芷若，煽动同门一起来针对周芷若，给她扣上种种帽子，比如私通魔教、来历不正等等，好铲除这个绊脚石。

"棍子"的这种算盘，看上去似乎很美——干掉了前面的，不就剩下我了吗？却不知这是"棍子"常见的最大误区。那就是她们往往不知道，"棍子"是没有收割权的。丁敏君就只有摧毁权，没有收割权。

她不明白的是，"棍子"之所以能为棍子，不过是因为主人需要。在峨眉派，主人便是师父灭绝师太。

主人往往并不爱"棍子"，也并不在乎"棍子"。灭绝师太爱丁敏君吗？很器重丁敏君吗？半点也不。且看：

> 丁敏君恨恨地道："他便是不敢和师父动手过招，一味奔逃，算甚么英雄？"
>
> 灭绝师太哼了一声，突然间啪的一响，打了她一个嘴巴，怒道："师父没追上他，没能救得静虚之命，便是他胜了。胜负之数，天下共知，难道英雄好汉是自己封的么？"
>
> 丁敏君半边脸颊登时红肿。

一言不合，就是一个嘴巴子。灭绝师太对丁敏君哪里有什么好感？

对于丁敏君这个人，其实灭绝师太从头到尾正眼都不曾瞧过。丁敏君天分低、资质差、人菜瘾大，灭绝师太也了如指掌。灭绝师太后来私下夸赞周芷若说：你天赋高，武功以后会远远在那些师姐之上，那些师姐前途有限。这前途有限的师姐里不就包括丁敏君吗？

真要选峨眉接班人，灭绝师太不管怎么考虑，也不会考虑到丁敏君。

那么，她为何又一直纵容丁敏君呢？无非是四个字——"治理需要"，必须得发挥"棍子"的作用。

"棍子"的作用首先就是告密。

灭绝师太对峨眉派，实行的是高度紧张、极致严苛的管理。而要实现这种密不透风式的管理，最重要的前提条件就是老板要充分地掌控信息，必须对广大弟子私下的言行举止、个人情况、思想动态了如指掌，一点一滴都要知道。

所以，她就需要丁敏君这种告密者。而丁敏君恰恰就乐意干这种事，平日不好好练功，不认真钻研业务，心思全放在了盯梢同事身上。不管你是干活打瞌睡，还是上班没打卡，她都拿小本子记着，天天找你毛病。纪晓芙腰身宽了两厘米都要被丁敏君查，最后硬是抽丝剥茧，扒出了她和魔教杨逍私通、未婚生子的大料。

没有了丁敏君这种"密探"，灭绝师太如何能做到全知全能、大事小情完全掌握？又如何能全面掌握手下的一切小辫子，当得成生杀予夺一任己意的铁血老板？

除了告密，丁敏君的第二项功能就是咬人。

她的咬人，其实是代老板咬人。老板要敲打谁，她便上去敲打；老板要置谁于绝境，她就先提供罪证，然后扑上去猛咬，忠实地行使一个"棍子"的天职。然而事实上，对每个人敲打到什么地步，"棍子"本身说了并不算。

当揭发别人的秘密、上去敲打别人的时候，丁敏君会产生一种幻觉，觉得自己特别强大。就好像她欺辱纪晓芙的时候，觉得自己予取予求，而纪晓芙只能哀哀告饶、辗转呻吟。然而，现实很快给了她一个教训：

"棍子"永远不能真正伤害老板要保的人，除非老板自己放弃她。

有这样发人深思的一幕：当纪晓芙被揭发和魔教徒私通生子之后，灭绝师太及时地出现了。

师太严肃地找纪晓芙谈心，要求她戴罪立功，去刺杀魔教徒，并且居然给出这样的承诺：

> "好！你失身于他，回护彭和尚，得罪丁师姊，瞒骗师父，私养孩儿……这一切我全不计较。
>
> "我差你去做一件事，大功告成之后，你回来峨眉，我便将衣钵和倚天剑都传了于你，立你为本派掌门的继承人。"

看见没有，灭绝师太已然掌握了纪晓芙的全部"罪证"，甚至可以说是"弥天大罪"，但只一句话就轻轻揭过，朕"全不计较"，只要戴罪立功，照样传你衣钵和倚天剑，立为掌门接班人。

这几句话只听得峨眉派上上下下大为惊愕。丁敏君听了，更是妒恨交进，"深怨师父不明是非，倒行逆施"。

瞧，只要是师父愿意保的人，你拼命地黑，挖空心思地黑，又有什么用呢？师父一句话说全不计较，就是全不计较，到头来照样传给衣钵。丁敏君下了那么大功夫，花了那么多努力，徒然化为流水。

这哪里是什么"倒行逆施"呢？这明明就是游戏规则。灭绝师太明白谁是贤能、谁是"棍子"。贤能可以毁灭，可以另选，而"棍子"只能是棍子。

不妨进一步猜想，倘若纪晓芙不是过于倔强、死不低头，那么峨眉极有可能会发生更令人深思的一幕：

纪晓芙回来承受了衣钵和倚天剑，做了接班人，继续当灭绝师太的好徒弟。而丁敏君呢？则很有可能被师父当成给接班人的礼物而抛弃，甚至被祭旗！因为纪、丁已然无法共存。"棍子"不能用了，就得抛弃了！

这种抛弃"棍子"的事，历史上屡见不鲜。武则天想要巩固权力，就大兴告密之风，重用酷吏周兴、来俊臣、索元礼；等到大局已定，要收拢人心，弥合和臣民的关系了，就抛弃了这帮酷吏。周兴、来俊臣、索元礼等都受酷刑而死。这些人其实就相当于峨眉的丁敏君。

后来，倔强、不服软的纪晓芙被灭绝师太杀死，灭绝师太重新选择的接班人是周芷若。至于丁敏君，完全不在考虑范围之内。

丁敏君又故技重施，开始针对周芷若。然而周芷若身段灵活得多，一直很好地和灭绝师太配合。最后在六和塔上，灭绝师太传位给周芷若，赐予掌门铁指环。

这一刻，几乎等于是宣判了丁敏君这个"棍子"的死刑。周芷若上台了，"棍子"丁敏君何以自处？

灭绝师太宣布任命、交代遗嘱的时候，可有半句提到丁敏君？可有半句念及丁敏君这些年来一直兢兢业业地向自己告密，替自己咬人、拍马、冲锋陷阵的辛苦，为她在周芷若面前做哪怕一点开脱、说半句好话？可有提上哪怕半句"芷若，那丁敏君毕竟是你师姐，脾气虽然臭，但也不算太恶，你饶她一条生路吧"？有吗？没有。抛弃了就抛弃了，正眼也不瞧。

后来，周芷若执掌峨眉、铁腕治军，而丁敏君再也没有出现，这个师姐就像凭空消失了一样，查无此人。周芷若自然也需要自己的"棍子"，然而那会是新的"棍子"了。

丁敏君的故事，对职场中人也是一个启示，那就是：不要当别人的"棍子"，风险太高且收益太低。

《红楼梦》里，赵姨娘受了利用和挑唆，冲上去当先锋，和宝玉宠爱的芳官打架。探春有一句话是教训赵姨娘的，很值得玩味：

　　　　我劝姨娘别听那些混账人的挑唆，没的惹人笑话，自己呆白给人做粗活。

你的野心和善妒，有可能会被上司或同僚利用，让你充当打手，呆白给人做粗活，就像丁敏君做了一辈子粗活一样。

王难姑

如同海水和礁石互相拥抱，亲密无间而又势均力敌，
才是一对好的伴侣

◇ 过日子不要两头堵 ◇

要就事论事，不要一概用感情问题去归因别的问题。

来说一个《倚天屠龙记》里很有意思的女性，她叫王难姑。

有些读者对这个名字有点陌生，她出现的场景确实不多。这个人是"蝶谷医仙"胡青牛的妻子，在小说和电视剧里总共也没有几场戏，大家可能没印象，但是她的故事却很值得说一说。

王难姑是神医胡青牛的妻子，也是他的师妹。这两人虽然是师兄妹，但和令狐冲、岳灵珊这种师兄妹不同，他们两人除了学武，还另有专业方向：胡青牛是钻研医术的，专门救人；

王难姑是钻研用毒之术的，专门给人下毒。

本来这样挺好，彼此可以互补，技能不会太重复，而且两个人的专业技术都很强，一个叫"医仙"，一个叫"毒仙"，听上去很美。可坏就坏在，医术和毒术除了互补，还带着相克，而王难姑又是个特别争强好胜的人，这就麻烦了。

这两个人结为夫妻，日子就不消停了。原本他俩感情不错，平时也恩爱。然而，王难姑偏偏在专业技术上过分要强，非得让她使毒的本领赢过师兄胡青牛救人的手段才行。只要她下毒毒了人，胡青牛就不能医治，哪怕是事先不知情给治好了也不行，王难姑就会觉得丈夫是故意的，是要压过自己，她就赌气、闹事，离家出走，作天作地。

后来，王难姑越作越凶，故意去找无辜的人下毒，好让胡青牛治。胡青牛一旦治好，她就愤怒不已，愈发大闹。发展到最后，王难姑干脆给自己下毒，让胡青牛治。

这简直就是一道送命题，用一句老话说，胡青牛等于成了风箱里的老鼠——两头堵：要是治不好，老婆就会毒发身死；如果治好，那么就显得你的本事超过了老婆，你老婆就会继续作下去，你的生活就永无宁日。在小说里，胡青牛把心一横，怎么办？自己也服毒，跟老婆一起死，大家图个永久的清净。

当然了，这一次他俩侥幸双双得救了，没有死成，但后来夫妇俩仍然不得善终，被仇家所杀，而他们与人结仇的原因归根结底仍然与夫妻间的斗气有关。也就是说，王难姑和丈夫斗气，终于是把感情连同生命一起给葬送了。

王难姑的情感故事堪称悲剧。其根源何在呢？我觉得她有一种病症，可以叫"被歧视妄想症"。她总是怀疑胡青牛看不起她。在王难姑眼中，胡青牛的任何举动都成了看不起自己的证据。

现实生活中，不少人就有这种毛病，总怀疑别人看不起自己，导致自己的心态也扭曲变形，无谓和人斗气。不妨把这种病叫"王难姑病"。

本来医术和毒术是两门技术，不存在直接竞争。再说了，夫妻俩都是各自领域的顶尖高手，你一个羽毛球冠军，老觉得人家乒乓球冠军看不起你，非要跟人家比赛，有意思吗？并且王难姑的比赛你既不能不参加，又不能退赛，丈夫要是认输、退赛，王难姑就说你是不屑跟我比，是打心眼里看不起我。

来看看她丈夫胡青牛都被逼成啥样了，每次和妻子说话，他言必称自己猪狗不如，每一句都要强调自己"对不起爱妻"，但凡坐诊时碰见中毒的患者，就以为是王难姑设置的考验，好好的一部言情剧硬是给女主角演成恐怖片。

那么除了"被歧视妄想症"，王难姑还有一个什么毛病呢？就是从不去用心了解胡青牛。

胡青牛是钻研医术的专家，一旦遇到疑难杂症，比如有人中了奇毒，就会像数学家看到诱人之极的难题一样，废寝忘食，痛下苦功，不解出来便心痒难耐。王难姑作为一个专业技术人员，本来应该很能设身处地了解这种心态，应该能够感同身受才对，而不能把丈夫这种对技术的追求歪曲成想超过自己、想压倒自己。

感情生活中，有一点是很重要的，那便是要就事论事，不要用感情问题去归因别的问题。

王难姑就喜欢把感情和别的问题搅和在一起：你跟她谈夫妻感情，她跟你说咱俩来比画一下到底谁的业务强；你跟她讲业务，她又想你要是跟我感情好，为什么一定要跟我争强好胜。总而言之，你永远都没办法和王难姑在一个频道上对话，她的逻辑既游离又自洽，行为既飘忽又坚定，生生把一桩大好姻缘毁掉了。

说到这儿，不妨多讲两句。类似王难姑的这种"争强好胜"，其实还是比较容易察觉的，她属于是在"大处"争强好胜，是在大的事业方向上、在人生的主航道上、在关键的专业技术领域上争强好胜，比如和对方争学历、争事业进步、争研究水平。这一类"争强好胜"其实往往本人相对容易察觉，假如我有这个毛病，我自己一般也都知道。

在生活中，还有另一类"争强好胜"，破坏力更大，叫作"处处争强好胜"。比如一个家庭成员特别好胜，潜意识里老觉得自己强、别人弱，可是她（他）又不像王难姑那样有真本事，事实上她（他）可能没有任何实实在在的本领，根本无法证明自己的优越，那她（他）可能就会变得在生活中处处争强好胜，习惯地抓住各种小机会贬损他人、抬高自己。

比如一些人成为超级杠精，一些人有过度的掌控欲，一些人总是处处否定他人。从心理学上说，根源往往都是从这里来的，潜意识里都是为了贬损别人，证明自己优秀。

就以杠精而论，人人生活中都怕杠精，杠精是怎么来的？说白了，就是极度吝于肯定别人，想抓住一切机会表现自己。这些人自己提不出什么观点，别人一旦提出来了，又不愿意肯定、附和，所以就去杠。

这种争强好胜的破坏力可能比王难姑更大，因为本人根本意识不到。杠精能意识到自己是杠精吗？意识不到的，所以也就改正不了。我们常说的"一日为杠精、常年为杠精"就是这个原因。

说回王难姑，她的悲剧结局也不完全是自己的责任，她的丈夫胡青牛也有责任，就是一味纵容她，一味容忍退让。

胡青牛这个人毫无原则和底线，王难姑如何作天作地，他就如何退让，在他口中妻子永远没错，只要妻子作起来，他就必定说自己"猪狗不如""毫无人性"云云，把王难姑惯得更加得寸进尺。

看看金庸小说里，但凡感情美满顺利的，都是双方各有自己的原则和底线。郭靖爱黄蓉，但是有自己的原则和底线。令狐冲爱任盈盈，也有自己的原则和底线。小龙女爱杨过，也有自己的坚持。这样的爱情其实才稳固。

如同海水和礁石互相拥抱，亲密无间而又势均力敌，才是一对好的伴侣。假如换成海水和沙子，便爱不起来了，几个大浪下去，沙子就没了。一味牺牲自己根本成全不了爱情。

胡青牛自己没有原则，放弃边界，王难姑也就失去了对双边关系的尊重。她就靠不断地践踏、冲撞胡青牛的边界，来满足自己的自尊。这个婚姻就垮了。

懦夫是没有能力言爱的。爱对方是需要力量和能力的。爱对方，首先要懂得自爱，要先学会爱自己、爱边界。否则，你没有能力爱对方，也无法给对方以真正的安稳和幸福，就像胡青牛一样。

灭绝师太

把职场理想坚持到底

◇《倚天屠龙记》，一部女性事业的溃败史 ◇

整部《倚天屠龙记》，就是一部女性事业的溃败史，书上的女性统统放弃了事业，除了灭绝师太。

整部《倚天屠龙记》，就是一部女性事业的溃败史，从主角到配角，都是全面溃败。

殷素素、赵敏、黛绮丝、小昭、纪晓芙……几乎书上所有有事业的女性，都是一见到男人就像被点了死穴，理想不要了，事业也不要了，有辞职谈恋爱的，有叛变领证的。就像《红楼梦》里贾母说的那样，一旦见到一个略标致些的男人，就鬼不成鬼、贼不成贼了。

比如赵敏？溃败！

她曾是朝廷郡主，气派极大，智计百出，曾统率群雄，承包了朝廷的全面剿匪工作，和明教、武当等结结实实打过几仗。周颠评价她说：一个小女子，胜过十个大丈夫。搁到现在，她也是个了不起的管理人才。

刚出场时，赵敏还给自己规划过事业蓝图："我的祖先是成吉思汗大帝，是拖雷、拔都、旭烈兀、忽必烈这些英雄。我只恨自己是女子，要是男人啊，可真要轰轰烈烈干一番事业。"

可是后来的故事，让人怀疑赵敏当时这番话简直是拿 PPT骗投资人。

遇到张无忌之后，赵敏"剿匪"的路数就开始走偏了，满心都扑在了张无忌这个小"匪首"身上，之前的事业心一秒云散烟消，理想也不要了，什么拖雷、拔都、旭烈兀，对不起，这些老人家是谁？

最后她跟父兄决裂，背叛了朝廷，完全放弃了职业理想，变成了"嫁鸡随鸡，嫁狗随狗，是死是活都随定张公子了"。

在《倚天屠龙记》里，这种事情反复发生。基本上，所有女孩子的事业都是随便抛弃的，分分钟可以熔断。

纪晓芙？溃败！

本来是峨眉接班人，认识杨逍之后，班也不接了，师门也不回了，生孩子去了。

黛绮丝？溃败！

她的职业前景本来极其光明，身为波斯总教的圣女，是波斯明教钦定的未来教主人选之一，可是为了跟东海一个岛民韩千叶在一起，忽然放弃了一切，甚至不惜改变容颜、隐居荒岛。

小昭也基本上复制了母亲黛绮丝的套路，一个极有韬略的女孩子，见到了自家小姐杨不悔一个关系暧昧不明、不清不楚的老相好张无忌，娘也不要了，任务也不要了，事业都成了屁。后来，她还算是唯一有事业的一个，回波斯去接了班，当了明教总教的教主，临行前却哭哭啼啼，说什么"宁愿当你的小丫头"。

等于是总公司的老板不爱当，宁愿去当分公司的前台，就因为爱上了手下一个区域老总，活活一部《我的老板是女仆》。

殷素素？溃败！

这姑娘本来也是个极有事业、极能干的，在天鹰教任紫薇堂主，杀伐果断、指挥若定，然而遇到张翠山，从此"改邪归正"，一心洗白，甚至男人一死就连儿子都不要了，直接抹脖子自尽。

这真是让人疑惑：每一个人的事业都不是捡来的，都是流血、流汗拼出来的。殷素素、黛绮丝，个个是刀头舐血过来的，怎么放弃起来如此容易，连一点挣扎和犹豫都没有？男人真的这么香？

　　她们中许多人还有为数不少的追随者。在职场上，每一个大佬代表的都绝不仅仅是自己，而是和自己深度绑定的一大群人的共同利益。殷素素的手下就有许多坛主，比如常金鹏、白龟寿等等，他们都指望跟着殷素素步步升迁。赵敏手下有玄冥二老、阿大阿二等等，也是相似情况。

　　底下人也不容易，跟着主子东奔西跑、流血流汗，不外乎就是图个升职加薪、事业再发展。然而，主人为谈个恋爱不辞而别了，业务停滞了，甚至全部门都要撤销，底下人怕也要傻眼：你不要事业了我们要啊，职业前景怎么办，房贷怎么办，孩子上学怎么办？

　　说到这儿，蛮同情玄冥二老的，一把年纪了，跟着赵敏打打杀杀好些年，就图个人生最后的机会。赵敏拍拍屁股当叛徒了，这个事严重了，弄不好公司都要歇业整改，甚至还要关停倒闭。人家老哥俩儿过去的血汗功劳还算不算？国家还承认不承认啊？

　　相比之下，《倚天屠龙记》里的男人们就不一样了，爱情当然也要，可是放弃事业却几无可能，除了宋青书，其余男人必定是事业也要、爱情也要，务须两开花。

　　张翠山从冰火岛回来，第一件事就是回武当，问师父我这个曾经的红人现在还红不红，还是不是你心腹。

　　杨逍和纪晓芙私通，两个人的下场大相径庭。纪晓芙是麻利儿的峨眉接班人不当了、跑路了，杨逍却一点没放弃事业，照样把"光明左使"这样的光杆二把手当得滋润，还练乾坤大挪移。

张无忌说起来算是特别欠缺事业心的，百般不想当教主，可是他为赵敏放弃了一点点事业吗？没有，该跟朝廷作对还跟朝廷作对，该救义父还去救义父。赵敏只要在感情上稍微逼迫得松一点、懈怠一点，他马上就来那一套：赵姑娘，我必须对股东负责，你把我忘了吧！

一部《倚天屠龙记》看下来，那么多事业女性，最后能把职场理想坚持到底的，居然只有灭绝师太。

为这一点，向灭绝师太致敬吧！

静 慧

做人莫要太天真，要知世事多变幻

◇ 打工人要避免太入戏 ◇

对于老板们之间的爱恨情仇，有时候打工人不要太入戏。

峨眉派视明教为死对头。

尤其是"逃婚事件"后，张无忌更成了峨眉公敌，派中上下都恨张无忌。可是谁最恨呢？有人说那肯定是周芷若吧，其实还真未必是。

话说逃婚发生之后，过了数月，借着少林屠狮大会的机会，张无忌夜访周芷若，一对冤家又复见面了。

一个魔教教主，一个峨眉掌门，白天在大会上还是死对头，水火不相容，可到了深夜静室里，他们的互动却暧昧得很，醋意和怨怅、旧情和新恨、套路和暗劲，都在这里上演。周芷若还说出了那句很有名的话："若是我问心有愧呢？"

说穿了，张无忌和周芷若这两人只是相爱相杀、相互较劲的关系，他们是拆不开的，真拆了，大家都不开心。

问题是，俩人的这层关系，赵敏懂，杨逍懂，峨眉派里水平层次高一点的，比如贝锦仪等人或许也懂。然而，有一些人却搞不懂，比如一个叫静慧的峨眉弟子就搞不懂。

这静慧不过是一个峨眉普通女弟子，出场戏份不多，但很有看头。她对张无忌的恨，倒是真恨：

> 静慧站在门外，手执长剑，满脸怒容地瞪着他（张无忌）。

这副如临大敌但其实又不明真相的样子，分外好笑。

张无忌和周芷若聊完，周芷若喊送客，静慧马上又"喝道"：

> 张无忌，掌门人叫你出去，你还纠缠些甚么？

喝完了仍觉得不过瘾，又趁机痛骂几句：

> 当真是武林败类，无耻之尤！

每次读到这一幕，都觉得精彩之极，活画出一种不明真相之愤怒与徒劳无益之姿态。

静慧"手执长剑"，随时待发，好像要威胁和震慑张无忌一般，但所有读者都知道那没什么用。以静慧的本事，手上拿什么宝刀、宝剑也威胁不了张无忌，换一把冲锋枪还凑合。

"武林败类，无耻之尤"，骂得很爽，还加上三个字"当真是"。可是静慧当真知道"武林"是什么样子吗？何以总结出张无忌是败类？张无忌又如何为祸武林了？她全不明了。

无任何私怨，也无任何个人交集，静慧何以这么恨张无忌，认定他就是"武林败类、无耻之尤"？因为旁人一直都是这么告诉她的，门派关起门来一直都是这么讲的。从灭绝师太到周芷若，口口声声都是"反魔教""灭魔教""张无忌逃婚更是辱我峨眉至极"云云。略有不同的是，灭绝师太是真心反魔教，周芷若却不是，但回家关起门来还是得讲反魔教。这是传统。

倘若换作纪晓芙，虽然同样是峨眉弟子，但本身层次高一些，老爸是"金鞭纪老英雄"，见过世面，信息来源比较丰富，她恨张无忌就不会恨得这么诚恳。可是静慧不行，她本身层次不高，又乏阅历人脉，没有别的信息来源，师父、师姐们关起门来说什么，她就信什么了。

周芷若对张无忌一撇嘴，静慧就以为掌门人真的很怒；周芷若叫送客，她就以为掌门人真的嫌弃张无忌嫌弃得要死，"娘家人"的责任感爆棚，对张无忌更是恨得牙痒痒。最后她痛骂一句"无耻之尤"，过了嘴瘾，觉得自己又给了张无忌一个下马威，表明了立场，展示了态度，好骄傲。

可是静慧毕竟太天真，不知世事多变。几天之后大转折发生，峨眉又和魔教和好了。

周芷若"纵身扑入张无忌怀中"，"感到他胸膛上壮实的肌肉，闻到他身上男性的气息"，静慧才刚刚痛骂过的"武林败类"，又变成了周芷若口里的"无忌哥哥"。

这可就尴尬了。峨眉和魔教忽然搞好了关系，也不和人静慧商量。形势如此急转弯，被甩飞的静慧可怎么办？下次见到张无忌该如何是好？

后来，金庸再也没有让静慧出场了，因为不好写。你让她接下来如何称呼张无忌呢？是应该继续怒目而视，还是改口亲昵相称，热情地呼喊张教主常来峨眉看看？都是尴尬。

说到此处，可能有人为静慧担心：她这么傻乎乎地跟不上形势，看不懂周芷若的真正心思，会不会被嫌弃，没饭吃啊？这个倒可以放心，永远有静慧的一口饭。说白了，一个门派永远需要聪明人和静慧的适度配比，两种人缺一种都不行。

前者比如贝锦仪，头脑清楚，人又温和干练，和张无忌从来不撕破脸，这种人可以帮着谋划、办事。要和张无忌搞好关系时，就不妨让贝锦仪去。

可一个门派里全部是贝锦仪也不行，周芷若也需要静慧这样的愣子，在必要的时候操练起来，对着张无忌呵斥，痛骂"武林败类"之类。甚至人家静慧并没那么傻，是故意做给周芷若看的也不一定。骂得越狠，措辞越厉害，就是对门派越忠心。

温青青

一段感情里，别人的道德感，
比自己的美貌还要靠不住

◇ 吃醋不能吃得毫无长进 ◇

童年阴影可能一时半会儿走不出来，但不能老走不出来，"原生家庭"这个东西不能当借口用一辈子的。

温青青是《碧血剑》这本书的女主角。这个人让人讨厌。

一部书看下来，她最擅长的就是一样"吃醋"，从认识男主角袁承志开始就吃醋，一直吃到结束，她的醋劲儿始终那么大，而且吃醋的境界丝毫没有提升，一直是原先的配方、熟悉的味道。

我看了这部书，就忍不住要爹意上头。什么意思呢？就是很担心温青青与袁承志未来的感情问题。这是最让人担心的一对，总觉得袁承志要变心，而且还有一点暗暗期待他变心。

吃醋是错吗？本来不是。吃醋是人之常情。古龙说，这个世上不吃饭的女人倒是很多，不吃醋的一个也没有。这话并不只适合女人，也适合男人。人非草木，孰能无醋？遇到情敌，没有醋意才不正常。

回想黄蓉刚出场的时候也吃醋。她有一次吃穆念慈的醋，威胁要用小刀划人家脸，醋劲儿也不小。可那是什么场景？是杨铁心和丘处机这些人一个劲儿想把穆念慈许配给郭靖，父母之命、媒妁之言都齐了，郭靖还长了一副特别听话的相儿，黄蓉就着急。

温青青吃醋都是什么情况呢？都是吃无厘头的醋。

袁承志遇到儿时玩伴安小慧，多说了两句，等于是幼儿园同学之间聊聊天，她就吃醋。袁承志打架，危急时用了安小慧头上的簪子当暗器，她吃醋。偶尔见了个外国女人穿得少一点，她也要吃醋。

书上还有一个人叫单老捕头，此人并没有女儿，但是袁承志的朋友们开玩笑，说单老捕头讨好袁承志是为了选他当女婿，一句话就让青青吃了无名醋，出去干了几件大案子诬陷人家，差点要了人家的命。温青青吃醋不需要理由，只要袁承志身边有年龄相仿的女子，她的第一反应就是将人家列为情敌，大发脾气。

　　和黄蓉、赵敏吃醋吃得还有三分可爱不同，青青吃醋吃得特别不上台面，更加不计后果。

　　袁承志遇到童年好友安小慧，给青青引见，说："我给你引见，这位是安小慧安姑娘，我们小时在一块儿玩，已整整十年不见啦。"温青青冷冷地瞅了安小慧一眼，既不施礼，也不答话。这就特别没有教养。有人觉得这可爱，我不觉得，《红楼梦》里林黛玉那种吃醋才说得上有几分可爱，温青青这种只让人觉得没有教养。

　　甚至温青青在得知小慧妈妈对袁承志有大恩后，仍然不管不顾，提出袁承志今后不许再见小慧和她妈妈，给人的感觉是特别没有分寸感，特别强人所难。你喜欢一个人，就能去干涉他正常的人际关系吗？

　　因为吃醋，温青青好几次不顾全局，捅了大娄子，把自己和别人置身险境。有一次，袁承志和焦宛儿去救温青青，遇到紧急情况，不得不一起躲到床底避敌。为了救人，临时到床底躲一下有什么呢？青青却只管喝醋，又是发脾气又是骂人，死活不肯离开险地，一味胡闹，逼得焦宛儿情急之下表示要嫁给独臂师哥，不会和袁承志在一起，才打消了她的猜忌，否则还不知道会有什么样的后果。反正性命和喝醋比起来，不值一提。

　　还有，温青青抢了闯王的军饷，本已答应分给袁承志一半，但因为喝安小慧的醋，非得让袁承志凭本事到家里来盗取。这就不知轻重了。她家可是有很多危险人物的，有温氏五老这种高手，还有一个五行大阵，温青青明明知道其威力。袁承志要不是侥幸先得了本秘籍，学了破阵之法，早就把小命送掉了。这都是一口醋闹的。

书上袁承志居然对此毫不介怀，要是换了我，肯定对这个女人避之不及。

温青青对自己的问题其实也不是不知道。她也非常清楚，说："我脾气不好，我自己知道，可是我就管不了自己……"她爱吃醋也是有原因的。这姑娘身世可怜，作为一个私生女，母亲未婚先孕，在大家庭里很受歧视，所以温青青性格比较偏激，对自己的东西会特别歇斯底里地去捍卫。这一点是让人同情的。

然而注意，让人同情，不等于可以让人理解；让人理解，不等于值得被爱。自己的毛病自己要了解，然后想办法改变。童年阴影可能一时半会走不出来，但不能老走不出来，原生家庭这个东西不能当借口用一辈子的。如果是这样，长大还努力干什么？有一个不幸的童年，日后干什么糊涂事都有理了，这肯定不行。人在成年之后，要随着认识、能力、阅历的增长，逐渐去治愈自己。

对比一下黄蓉。前面说了，黄蓉原先也是个小醋坛子，但随着她跟郭靖相处久了，自己的气质也一直在变。她后来跟穆念慈就相处得很好，再也不会乱吃醋，威胁去划人家的脸。

后来，有一个姑娘程瑶迦看上了郭靖，黄蓉也没有乱吃醋，反而觉得恰恰是因为郭靖优秀，才会有人看上嘛。黄蓉的很多观念、格局都在变。

这种成长恰恰是温青青缺乏的，从头到尾都不见长进。回到之前说的，温青青和袁承志在一起，时间长了真的很悬，给人预感很不好，是金庸作品中所有男女主里最不让人看好的一对。

她跟袁承志之间，本身就没有太深的共鸣。两人三观上的差距就不说了，温青青对袁承志的爱很肤浅，作为知己她就不够格。

袁承志很崇敬起义军的将领李岩。他父亲袁崇焕死得早，在后来走向社会、闯荡江湖的过程中，对袁承志真正起到启蒙、榜样作用的就是李岩。在李岩的引导下，袁承志开始去学着思考一些重大问题，思考社会人生。从一定意义上来说，李岩是袁承志心理上的父亲。

可是在李岩遭了难，袁承志心急如焚要去相救的时候，温青青还在旁边吃醋闹事。从这个细节看，她是真的不想了解袁承志，也分不清楚轻重。我不知道她有没有想过，如果因为胡闹耽误了救李岩会是什么后果，这肯定是两个人终生的裂痕。所以，作为知己她就不够格。

那么作为臂助，她够格吗？也不够格。温青青常自诩是袁承志的臂助，她觉得袁承志对江湖上的事情不大懂，说要帮他。可是以她的性格和能力，也实在是够呛。

　　袁承志被推举当了七省盟主，带领了一大批江湖豪杰，要去协助李闯王的事业。按说此时温青青真要臂助于他，有很多事情可以去做，可以当帮手，可以出谋划策，大有用武之地。但青青除了因为袁承志的江湖地位沾沾自喜，什么实质性的忙也没帮，不帮就不帮吧，还总在一些诸如单老捕头的事情上捣蛋。

　　试想一想，如果换了别的姑娘在青青的位置上，比如焦宛儿，那袁承志大事小事都可以倚仗她。非要从事业上说，焦宛儿这样的还真是适合袁承志的伴侣。

　　再看后来，小说中写道，李闯王进了北京之后，起义军变质了，骄奢淫逸、残害无辜，还开始搞内部清洗和屠杀，不少正直的成员都被排挤、杀害了。青青对这些视而不见，不去提醒袁承志小心，反而把精力全部集中在所谓袁承志抢了皇上的九公主这种无稽之谈上，闹得不可开交，差点把自己的命都搭上。

　　你要是不在乎这个男的，那倒无所谓了，谁离不开谁啊，凭什么我要为了你去表现好？但既然那么在乎袁承志，离了他就不行，而自己又不太长进，这就悬了。

　　她在和袁承志的关系里，最大的底牌、最大的倚仗，就是自己喜欢得最狂热。因为她表现得最狂热、最不计后果、最不怕让别人为难，所以其他姑娘都让着她。没办法，都没有她疯，也都不想让袁承志为难，所以就让着她。焦宛儿就让着她，你不让她，她就要大家同归于尽，所以焦宛儿只好承诺要去嫁给自己不喜欢的人，自己委屈得流眼泪，也得让温青青放心。

阿九也是，只能让。不让局面就不可收拾，她便要死要活。阿九只能出家，顶着个光头问她："青姊姊，你不再恨我了吧？"

可你想想，就靠自己够疯、够不计代价，让别的竞争对手去"让"，强迫别人不与自己一般见识，这种"优势"叫优势吗？长此以往就不靠谱。

在男方袁承志那里，温青青的最大优势是什么呢？同样，不是她美，不是她好，也不是和她在一起最愉悦、最开心、最幸福。这些都不是，而是她对这份感情占有欲最强，要得最猛烈。

书上有一段话，袁承志内心里给几个认识的姑娘做过比较，暴露了他的真实想法。他说："所识女子之中，论相貌之美，自以阿九为第一。小慧诚恳真挚。宛儿豪迈精细。青弟虽爱使小性儿，但对我一片真情。"你看在袁承志心里，其他几个姑娘都有各自的优点，唯独青青在他心中的优点是"一片真情"，大概是因为实在乏善可陈。

每当遇到别的很好、很优秀、让人动心的女性，袁承志都劝诫自己：青青对我一往情深。说白了就是青青要得最猛烈，最不管不顾，所以袁承志不愿离弃她，否则会有负疚感，会有道德的不安。说句冷酷一点的话，两个人的感情，短期之内这样还可以维系，但是长久来看，光靠一份负疚感、靠一方道德的不安来维系，没什么意思。两人在一起长长久久，关键要靠开心、幸福，要靠一加一大于二，不能靠负疚感。

一段感情里，别人的道德感，比自己的美貌还要靠不住。

梅芳姑

梅芳姑的一生，就是谈了一场还没开始的恋爱，
做了一次莫名其妙的妈妈

◇ 什么锅配什么盖 ◇

明明是个高压锅，偏偏要去找个砂锅的盖儿配上，当然煮不好东西。

金庸小说里有很多三角恋。梅芳姑的故事就是一个。

有些读者可能对这个人不熟悉，我先简单介绍一下。梅芳姑是怪侠丁不四的私生女儿，武功不错，还长得特别美，号称当时武林中的第一美女。可惜她情路不太顺利，爱上了上清观的弟子石清，怎奈石清对她不感冒，只喜欢师妹闵柔。

梅芳姑特别不服气，石清凭什么不喜欢我，时间一久就成了心病。本来以她的花容月貌、千伶百俐，想找一个出色点的男人易如反掌，但她想不通，就开始"作"了，自毁容貌、远离江湖，专门和石清怄气。

石清夫妇生了孩子之后，她去石家捣乱，抱走了孩子，还给人家送回去另一具孩子的尸体。这具尸体的面目已经不可分辨，石清夫妇还以为孩子被杀了，伤心了好多年。其实，梅芳姑把这个孩子收养了。

读到这里，你可能觉得这个姑娘已经很奇葩了，但更奇葩的还在后面。这个养子她也不好好养，给孩子取名叫"狗杂种"，也不好好教育，开心则骂，不开心则打，饭是儿子做，柴是儿子捡，自己每天就做两件事，折磨孩子和骂"小贱人"。十几年就这么过了，一直到老。

总结梅芳姑的一生，就是谈了一场还没开始的恋爱，做了一次莫名其妙的妈妈，然后就结束了。

她为什么非要如此较劲呢？因为心里有一个死结，就是：我这么优秀，你为什么不喜欢我？

在全书末尾，梅芳姑和心上人石清重逢，她连珠炮一样地问了石清几个问题，充分展示了她多年的心理活动。书上是这样写的——

> 梅芳姑道："当年我的容貌，和闵柔到底谁美？"
>
> 石清回答："二十年前，你是武林中出名的美人，内子

容貌虽然不恶，却不及你。"

梅芳姑又问："当年我的武功和闵柔相比，是谁高强？"

石清道："你武功兼修丁梅二家之所长，当时内子……
自是逊你一筹。"

梅芳姑又问："然则文学一途，又是谁高？"

石清道："你会做诗填词，咱夫妇识字也是有限，如何
比得上你！"

梅芳姑冷笑道："想来针线之巧、烹饪之精，我是不及
这位闵家妹子了。"

石清仍是摇头，道："内子一不会补衣，二不会裁衫，
连炒鸡蛋也炒不好，如何及得上你千伶百俐的手段？"

最后，梅芳姑厉声问道：

"那么为什么你一见我面，始终冷冰冰的没半分好颜
色，和你那闵师妹在一起，却是有说有笑？为什么？为什
么？"说到这里，声音发颤，甚是激动。

石清是怎么回答的呢？他缓缓说道：

梅姑娘，我不知道。你样样比我闵师妹强，不但比她

强，比我也强。我和你在一起，自惭形秽，配不上你。

看这段对话，石清是很清楚自己要什么的，但是梅芳姑不清楚。

有一些话，石清没法摆在明面上说，比如梅芳姑的出身。

她的父亲是邪派的丁不四，母亲是性格古怪的女侠梅文馨，而且又是未婚生女。放在今天社会上，很多人对此还有成见呢，何况是古代的江湖。

所以在石清的眼里，梅芳姑的身世背景不妥，不是所谓的"正道中人"。以石清这种——说好听一点——方正自守的立场，恐怕不太愿意招惹那样的岳父、岳母，就跟张翠山开始死活不认可殷素素是一样的。

再说性格。石清是个老派男人，重视家庭，表面上虽然温和体贴、爱惜师妹，但实际上却喜欢拿主意、把方向。

从他跟闵柔的日常相处中可以看出，石清在家里是处于主导地位的，闵柔大多数情况下都唯丈夫马首是瞻。书中出现最多的是"闵柔深知丈夫如何如何"，大事基本都听他的。

当然，在大方向不冲突的情况下，石清倒也能够尊重妻子的意见。两个人三观一致、性格互补，几乎没什么大的矛盾冲突。

梅芳姑不一样，她样样拔尖，又酷爱钻牛角尖，比闵柔

"刚"得多。可以想象一下，假如两人位置对换，石清选择了梅芳姑，闵柔失恋，后者会百折不挠地跟情敌夫妇纠缠吗？会不断拷问意中人你为什么不喜欢我吗？会自毁容貌成为一个乡下怨妇吗？不会。她多半是一个人躲起来疗伤，甚至重新开始自己的生活。

另一边，梅芳姑跟石清在一起，他们的相处也大概率好不了。梅芳姑容不得别人拿主意，也不认同石清那种事事周全、面面俱到的江湖处世法则。顺从石清，她的个性会受压抑；不顺从石清，他们的关系就要被损害。

因此，虽然梅芳姑本人样样都出色，但相比闵柔，以她偏激的个性、复杂的背景，在石清心目中并不是良配。

这些事情，石清想得很清楚。他最后回答梅芳姑的那句话，说自己"自惭形秽"，可说是半真半假。他真的觉得自惭形秽吗？恐怕未必。身为上清观的得意弟子，武功人才都是同辈中的顶尖，武林中那么多"名媛"喜欢他，怎么可能如此没自信？只不过是他说话圆融惯了，事事爱留有余地，"自惭形秽"乃是他本能反应下的回答而已，充分给对方面子。

石清所谓的"自惭形秽，配不上你"，核心的意思其实是，你的优秀跟我无关。

但是梅芳姑想不清楚。她脑子里爱就是爱，如果你不爱我，就是我某一项标准没达到。可容貌、武功、厨艺、文采……我样样精通、样样过硬，你还不喜欢我，那你得给我个说法。

最后梅芳姑脑洞大开，居然抢走了石清和闵柔的孩子，还送回去另一具死尸，打算用丧子之痛去折磨对方，要彻底击垮他们的生活。

偏偏这个算盘打错了。石清跟闵柔一起经历了丧子之痛，相互扶持、同心同气，不但挺过来了，反而情感上更上一层楼。这两个人更不会轻易拆伙了。梅芳姑距离她复仇的目标越来越远。事实也证明，石清的选择从理性上说完全正确，闵柔的确是最适合他的。

说得粗俗一点，什么锅要配什么盖儿。梅芳姑明明是个高压锅，偏偏要去找石清这个砂锅的盖儿配上，肯定什么东西都煮不好嘛！

石清这个人让很多读者喜欢不起来，但平心而论，他没有欠梅芳姑什么。他没有给过梅芳姑任何错误信号，没有任何撩拨挑逗的明示、暗示。对比李莫愁、林朝英等几个女人的情感故事：李莫愁怨恨的陆展元好歹还和她递送过手绢儿；王重阳好歹也和林朝英并肩闯过江湖，有过亲密友好的关系，送过寒玉床，双方有过一来二去好多个回合的亲密互动。问题是石清不一样，他从一开始就表明态度、明确拒绝，于情于理也不能说他有什么错，是梅芳姑自己想不开。

纵观她的一生，没遇到糟男，却把自己活成了怨妇，而且还搭进去了后半辈子的幸福，这太可惜了。

有意思的是，江湖第一美女和才女梅芳姑没有想明白的事情，书里另外有个小姑娘，年纪轻轻似乎就已经想清楚了。她就是丁当。

丁当的意中人是石中玉。石中玉是一个小滑头、小色鬼、小混蛋。第一次看这本书的时候，开头看到大家说他干的坏事，什么强奸、逼死人命之类，还以为后面会有反转，事实证明猜错了，石中玉比开头说的还要坏。而且他最大的本领就是会花言巧语，哄骗女人是手到擒来。

可是丁当就喜欢石中玉。她就爱石中玉甜言蜜语地哄她，连他的花心也不在乎。后来，丁当遇到了石中玉的孪生兄弟石破天，石破天老实又厚道，可丁当就是不喜欢，宁愿选择油嘴滑舌、好色无耻的石中玉。

丁当人品恶劣、杀戮无辜，这个另外再说。但就说感情上，丁当至少比梅芳姑要明白。她知道什么人适合自己，清楚自己和石中玉就是天生一对，两个人都没有什么道德感，追求的是感官刺激，这一对活宝都知道对方不是什么好东西，他们的爱情没有长远目标，快活一时是一时。从某种程度上说，她反而比梅芳姑这样非和一个不适合自己的人怄气，然后一辈子痛苦来得强。

阿朱

有些自以为为别人好的计划，可能是给人套上的
永不解脱的枷锁

◇ 替男人安排太多是种病 ◇

越是聪明、有头脑的女人，越要按捺住替别人安排一切的冲动。

《天龙八部》里最感人的情节之一便是阿朱的死。但真要细究起来，阿朱的死，极其不值。她死于什么呢？死于一场自己的精心安排。

阿朱的心上人是乔峰。后者要报杀父大仇，误以为找到了仇人——"带头大哥"段正淳，拟将之击毙。阿朱为了阻止乔峰复仇，竟然自己化装成"带头大哥"，与乔峰会面，被乔峰一掌打死。

得知错伤了爱人后，乔峰十分悲痛，却也十分困惑不解。

> 乔峰大声道："为什么？为什么？"
>
> 阿朱道："大理段家有六脉神剑，你打死了他们镇南王，他们岂肯干休？大哥，那《易筋经》上的字，咱们又不识得……"

你看阿朱这番回答、这番用心，实在是一番太过于复杂，也太过于曲折的安排，不仔细读你甚至都跟不上她的心思。

她这番绞尽脑汁的安排里，包含着五个前提：第一，大理段家的人会六脉神剑；第二，乔峰必不能敌六脉神剑；第三，段家会倾尽全力为段正淳报仇、追杀乔峰；第四，唯有练好《易筋经》才能对抗六脉神剑；第五，乔峰必定学不会《易筋经》。所以，她要不惜一切代价阻止乔峰复仇。

仅仅从这一句话"那《易筋经》上的字，咱们又不识得……"，便能看出阿朱做安排时的心思之细。她左思右想，觉得终究不是大理段家的对手。

然而，阿朱自认为料定的这五个前提几乎都错，至少没有一个是完全正确的。比如，大理其实几乎就没人会六脉神剑。

除了这摆在明面上的五大前提，阿朱的这番安排还包含着三大隐含的前提。

第一，自己替段正淳去死，乔峰终生都发现不了；第二，自己无端"失踪"之后，乔峰不会寻找、不会起疑；第三，失去了自己，乔峰还能走出伤痛、愈合创口，继续好好地生活下去。

只有这三个前提成立，阿朱的谋划才有用，否则一旦乔峰发现自己打死的不是段正淳，又去找段正淳复仇，岂非全然枉费心机了？

然而，这三大隐藏的前提也没有一个是对的。也就是说，阿朱的这一番良苦用心，这一场对于乔峰的人生未来的庞大安排，前提错了，事实错了，逻辑错了，手段错了，结局料错了，全盘错了！

所以事实就是，一个自命聪明、算无遗策的女生，瞒着自己的男人，绞尽脑汁地做了一番极其没有必要，也是聪明反被聪明误的安排，把自己的生命和爱情断送了，也把心上人乔峰一生的幸福断送了。

这是何必？这又何苦？

阿朱的失误代表了一类女生的常见问题，就是因为自己聪明、有头脑、喜欢谋划，便替身边的人安排一切。

这种所谓"安排"，有大有小。小到一日三餐、营养摄入、运动计划等等，大到人生规划、职业远景，周详备至，有的提前十年、八年就制定好了具体的战略蓝图。

身边的人或许才二十岁，但是他三十岁要干什么、四十岁要干什么、五十岁要干什么，乃至晚年到哪里养老、儿女多久来看自己一次等等，都给齐齐整整写到规划里去了，就和阿朱为乔峰设计的一样，把自己的命都安排进去了。对方想稍微改一改、闯一闯，她便坚决说："不行！《易筋经》上的字咱们又不识得……"

生活有计划、有条理是好事，但是安排得太远、太细，甚至越俎代庖把别人该动的脑子都动完了，那就是一种病。

须知人生和命运的变数是极多的，越是精密的计划，出意外的可能性就越大；前提条件设置得越严苛，事情偏离预计轨道的概率就越大。所以，对未来的规划宜粗不宜细，不能搞得像作战计划一样严丝合缝。二十岁就计划好了五十岁干什么，不是很滑稽吗？

而且这种"安排"冲动的背后，多多少少是源于对对方的误解和轻视。阿朱何以要替乔峰安排这么一出"自我送命阻止报仇计划"？说到底，是对乔峰的误解。她觉得乔大哥是莽夫，听不进劝，只能瞒着他安排好一切，不能让他一起参详；她觉得乔大哥无谋少智，不懂趋利避害，没有她阿朱的安排就照顾不好自己，没有她的牺牲就必定是死路一条。

她忘了乔峰曾是丐帮帮主，忘了乔峰曾统领上万英豪，忘了自己的智谋能力未必就胜过乔峰。早年间乔峰身边也没有阿朱，倒也事事妥帖。

　　而且，你越是安排，对方就越不成长；你越是事无巨细，对方就越不动脑、越无能；你越是一厢情愿，只考虑计划的完美性，而不考虑对方的需求，就越可能让双方产生嫌隙，最后还生出反感来。大包大揽替别人做了决定，哪怕是全为了对方好，也可能南辕北辙，只换来对方的担不起，甚至不领情，那又何苦呢？

　　电视剧《三十而已》里的顾佳，温柔、能干、顾家，小到老公的着装、穿什么袜子、吃什么食物，大到公司的运营、接什么业务、做什么决策，没有她不安排的事，结果老公许幻山反而不爽，两人生活中的暗流越来越多，感情越来越崩坏。

　　阿朱千算万算，最没算中的就是乔峰对自己的深情。她在杀死自己的时候，把乔峰也实质上杀死了。

　　阿朱的死非但未能救乔峰，反而差点促使他早死。倘若不是一个意外——乔峰在阮星竹的房里看到段正淳写的条幅，发现和"带头大哥"字迹不符，杀父真凶另有其人，早已经一掌把自己打死殉情了。

　　即使乔峰没有死成，他后半生的痛苦也远超阿朱的想象。有什么比亲手打死自己的爱人更让人痛心疾首呢？阿朱死后，乔峰的英雄气概虽然未尝稍减，但他的心灵实际上已经枯槁死去，这个人已然了无生趣。

　　后来在辽国王宫中，乔峰含泪说："四海列国，千秋万载，就只一个阿朱。岂是一千个、一万个汉人美女所能代替得了的。"从今往后，他就只能在孤独寂寞中承受无尽的痛苦和悔恨，最后的自尽，在某种意义上也是给自己一个解脱。

　　阿朱算计那么多、拼了一条命，却带给乔峰无尽苦痛，会不会觉得不值呢？所以"计划"是有毒的，有些自以为为别人好的计划，可能是给人套上的永不解脱的枷锁。

◇ 阿朱还吃亏在玩性太大 ◇

游戏，固然能解决许多问题，但是有一些关键大事，哪怕它们再艰难、残酷，也是不可游戏混过的，终究要去直接面对。你必须看着乔峰的眼睛明确说出来：乔大哥，我盼此番你先不要报仇。

阿朱给我们的印象，一贯是古灵精怪、活泼可爱且温柔懂事。

阿朱之死，大概也是《天龙八部》里最催泪的情节。雷雨夜，小石桥，她布下一场局，让自己被意中人亲手打死，让人感叹唏嘘，也赚了读者很多眼泪。

但要认真说，阿朱的死也是有前兆的。这个女生有个特点，胆大头铁，有一点太敢玩了。

重庆有句老话，叫作"怕是心头怕，胆子要放大"，这句话是我在书本上看的，还没亲自听过。阿朱就是这样，玩得非常大，而且越玩越大。

这个女生堪称《天龙八部》里最头铁的，玩起来胆子比独闯天龙寺的鸠摩智还大，比独自开着音响就敢开团的乔峰还大。

回忆一下，阿朱第一次出场，玩的就是鸠摩智。

鸠摩智找到姑苏慕容家，要骗武功秘籍看。这时候你该逃就逃，该糊弄就糊弄，实在糊弄不过去，哪怕说句"私人图书馆事情重大，我做不得主，要请示"也好。

请示是个好主意，但凡要拖黄一件事，只要不断往上请示就行了。

可是阿朱非要玩人家。注意，玩和糊弄是两回事。凭借着一套易容术，她就敢连换老仆、管家、老夫人多个角色，戏弄鸠摩智这个武疯子，还要诓鸠摩智给自己磕头。

而且这易容术还存在一定程度上的缺陷，就是遮不住气味。旁边的段誉在第二轮就通过体香察觉了端倪。幸亏鸠摩智在这方面不敏感，否则一记火焰刀挥出去，十个阿朱都要挂。

在这一出戏里，阿朱狡黠可爱是没错的，但冒那么大危险，何必呢？

阿朱第二次玩儿，是自己易容成北乔峰，还给段誉易容成南慕容，两个手无缚鸡之力的家伙，换了个皮肤，就敢联手去闯西夏一品堂高手，包括"四大恶人"驻守的天宁寺。

亏得幸运之神又一次眷顾，各种巧合，两人才脱身。比如"四大恶人"面试这俩小子时，偏偏考的是凌波微步，才让段誉蒙混过关。

两度易容，都是险之又险，但阿朱玩得好像完全忽略了这一点。

用句王维的诗说，大概就是"卫青不败由天幸"。

后来，阿朱玩得更大了，居然跑到少林寺去盗《易筋经》。

少林寺是什么地方？武林中泰山北斗般的存在，安保警卫很强的，平时能进去搞谍中谍的都是萧远山、慕容博、乔峰这样级别的人物，还随时可能闹得灰头土脸。

在另一部书《倚天屠龙记》里，连昆仑派掌门人两口子去少林派搞事，都是三回合就被毙了，被小黑皮鞭活活抽死。

这等龙潭虎穴，阿朱却凭一点稀松武功，居然化个装、易个容就去盗经了，妄想人家少林寺把《易筋经》不当宝贝，就跟赤手空拳想去成都偷大熊猫差不多。

结果就是遭遇玄慈方丈，一记大金刚拳打过来。要不是乔峰在旁边用铜镜挡了一下，就是十个阿朱都要被打飞。

不妨用阿朱对比一下黄蓉，黄蓉也是古灵精怪，也喜欢玩人。

但黄蓉玩人，大体上都是充分掂量过之后玩的，总是有把控、有后手的，基本玩不出大事。

比如黄蓉懂得专门挑最弱的敌人玩。黄蓉一出场玩的是"三头蛟"侯通海，为什么专挑他？因为侯通海的武功在几大反派头目里最弱。

后来，黄蓉用计耍过梁子翁、欧阳克，但基本都在局面可控的情况下。一旦糊弄不了，也往往可进能退。就算偶尔行险，比如和欧阳锋等斗智斗勇，也大多是因为形势所迫、逼不得已，很少像阿朱那样主动搞事。

再者，黄蓉的软实力是有硬实力帮衬的，人家背后还有一个极具威慑力的东邪老爹，即便西毒欧阳锋要对黄蓉下手，也得掂量掂量：怕不怕被东邪尾随一辈子？

阿朱却别无其余硬实力，只靠一个易容术。她是把易容术当成《易筋经》来用了，这就托大了。

阿朱这种人，归纳一下就是有一种冒险基因，喜欢刺激，越玩越大，在作死的边缘疯狂试探。到后来，她甚至形成了思维定式，拥有了一种路径依赖，仿佛这么一易容，任何事都可以不用去直面，都可以瞒过去、混过去，不需要一个根本、最终的解决。

直到小镜湖、青石桥，她也本能、天真地希望用易容这样一个拙劣的方案，把乔峰的血海深仇给骗过去，结果把自己和自己的爱情一起玩死了。

> 只见电光一闪，半空中又是轰隆隆一个霹雳打下来，雷助掌势，萧峰这一掌击出，真具天地风雷之威，砰的一声，正击在段正淳（阿朱）胸口。但见他立足不定，直摔了出去，啪的一声，撞在青石桥栏杆上，软软地垂着，一动也不动了。

事实上，你要说她胆大吧，她也很胆小、很怯懦，那就是在感情上。

她敢于去面对乔峰凌厉绝伦的一掌，却不敢向乔峰坦白真相，不敢陈说自己的心意。

她怕乔峰拒绝，怕自己说了也是徒劳，怕乔峰从那个可靠温厚的男人一秒变成声色俱厉的陌生面孔。

然后，就没有然后了。

阿朱的故事，可能是一个提示：游戏，确实能解决人生中的许多问题，但是有一些关键大事，哪怕它们再艰难、残酷，也是不可游戏混过的，终究要去直接面对。你必须看着乔峰的眼睛说出来：乔大哥，我盼此番你先不要报仇。

至于他如何面对、如何选择，那是他的事。

你不可剥夺他的选择权。

王语嫣

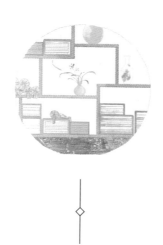

人被折叠得太久，就会忘记打开真实的自己，
过得半真不假、半假不真了

◇ 不要掉到针眼里 ◇

一个人的成长，无非是学会面对三件事，面对诱惑，面对委屈，面对执念。

王语嫣属于人生掉到针眼里去了的那种。和她说话，三句不能离表哥。

段誉和她刚认识不久，就很快把这个女生看透了："要引得她心甘情愿地和我说话，只有跟她谈论慕容公子，除此之外，她是什么事也不会放在心上的。"段誉呆是呆，看人却看得贼准。他分得清谁有底蕴、谁浅薄。

正常人和王语嫣说话，不用几分钟就会聊死。你跟她聊表哥以外的任何事情，她都不会感兴趣。她跟你谈表哥，你当然也不感兴趣，那大家便没的聊。

所以就没有人和她说话。赵敏、黄蓉等女主都有许多人与她们交流、说话，连小龙女那么冷清的，也有周伯通、一灯大师这样的忘年之交来说话。王语嫣却没有人和她说话。人人都觉得和她没话说。母亲和她没话说；阿朱、阿碧和她没有什么话说；家里的婆子和她没话说；表哥和她没有话说；几个家臣，如邓百川、公冶乾、包不同等和她也没话说。

只有一个段誉，出于明显的目的，会和她刻意地没话找话说，除此之外无人和她有话说。她长相那么美丽，在全书里居然除了段誉再没有第二个追求者。事实上段誉迷恋她也是有玉像情结在作祟，否则真的很难讲。段誉自己也是一个内心很丰富、兴趣很广泛的人，就算一时迷恋王语嫣，能坚持多久？不可想象。就算是娶了王语嫣，估计等三天热情过后，段誉每天还是宁愿去找朱丹臣、钟灵、黄眉僧等人说话，和王语嫣没话说。

生命只有针眼那么大，就很容易栓塞、窒息。等到表哥将她弃若敝屣，去求娶西夏公主的时候，她无路可走，只能跳井。事实上，她的人生早就只剩下一个井口了。倘若阿紫的人生是悲剧，段誉的人生是喜剧，那王语嫣的人生就是默剧，没有声音，没有影子，就这么守着一个井口，默默无声地过了。

王语嫣是这个状态，与她的家庭有很大关系。她的母亲王夫人是一个强势而又愚蠢的控制者。她带着女儿困居在"曼陀山庄"里，这个山庄名字很美，但事实上却是《天龙八部》里最阴森可怖的地方，这里面所有的种植、陈设、布置都是给男人段正淳看的，王夫人在这里的一切做作、折腾也都是给段正淳看的，这里仿佛是一个祭台，供奉着的唯一神祇就是段正淳。王夫人不断地在山庄里抓人、杀人、献祭，名曰清除渣男，实际上那都是供奉给段正淳的血食。

这个母亲活像一个狂热、邪祟的信徒，除了膜拜偶像，没有一丝温情和耐心留给女儿，毫不关心她的成长，对女儿实行极度的高压禁锢。

此外还有表哥。母亲和表哥，她人生里仅有的两个人，共同塑造了王语嫣。这两个人都高压、尖刻、恣睢、兴趣逼仄，非常难以取悦。他们像刨子、锉刀，早早地除去了王语嫣的一切个性和棱角，让她成了挂在屋檐角上随风摆荡的一个偶人。为了取悦两人，她学会了随时随地掩饰自己，随时都在假装，比如一方面她要掩饰自己的兴趣，另一方面又要掩饰自己的不感兴趣——在母亲面前，她要掩饰自己对表哥的兴趣；在表哥面前，她又要掩饰自己对政治和武功的不感兴趣。

你会发现王语嫣有一个特点，就是从来没有打开过自己，你不知道她的空洞、无趣、贫乏是本来就这样，还是后来如此的。

比如你不知道她到底是聪明还是呆傻。黄蓉是聪明的，陆无双是憨笨的，小龙女是天然呆的，她们活的都是自己的样子，但王语嫣却看不出来。

这姑娘似乎并不笨，但又似乎不甚聪明。说她不笨，是因为纯靠自学就能把大量武功典籍背得滚瓜烂熟，围观任何人打架都能指点一二，可是在别的事情上她又毫无智计，一遇到突发事件就只会"花容失色"，然后束手就擒。估计活到今天，高考文科前三，死记硬背有一套，但处事多半不太灵光，高考就是人生的巅峰。

你还不知道她究竟有没有兴趣爱好。她似乎也喜欢弹琴写字、养小动物，但又喜欢得如此浅层次，给人感觉是敷衍而不走心，这些"兴趣"活像明星资料里的兴趣爱好一样不可信，是为了填表格而凑数的。

你也不知道她内心是曾经青春叛逆过，还是一直温和平顺；不知道她也会发脾气、会任性，还是从来就不会；不知道她是好奇过外面的世界，还是从来不好奇；不知道她是疑惑过、厌烦过自己的生活，还是从来就不曾疑惑；不知道她是期望过和人沟通、交流，还是从来不期望；不知道她是渴望过成就自己、活出自己的价值、拥有自己的舞台，还是压根儿就没有这方面的想法。

因为被折叠得太久，从没有打开过真实的自己，渐渐地她的真性情和假性情就合一了，变得半真不假、半假不真了，你看她总觉得像隔着毛玻璃，模模糊糊不清楚。

　　一个人的成长，无非是学会面对三件事，面对诱惑，面对委屈，面对执念。反过来说，这三样东西其实就是我们曾经活过的最深的烙印，是我们回望青春时最刻骨铭心的东西。当你回想自己的十六七岁，记忆中最难忘的，是否就是自己当初面对的最炽热的诱惑、曾经受过的最大的委屈，以及拥有过的最深的执念？

　　王语嫣很不幸：母亲对她说，你不可以有欲望；表哥对她说，你不应该委屈。二者都被粗暴地抹杀了。王语嫣只好把仅存的唯一的一样——执念——深藏在心里，用自己对表哥的毫无道理、义无反顾的执念，证明自己活着，真实地活着。

　　幸亏她还有这一份执念，试想，站在冰冷的橱窗里，如果把她心里的这一点都拿掉，那么这个姑娘还剩下什么？

刀白凤、王夫人

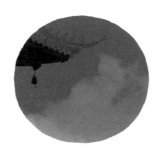

保持自尊最好的办法，
是永远认真地对待自己

◇ 段正淳的女友团（上）◇

女人通过作践自己来作践男人，实在不是一个好主意。

段正淳的女友团里，没有一个人是快乐的。

段正淳本人倒是很快乐的。他是很多男人羡慕的对象，哪怕明面上不敢羡慕，暗地里还是羡慕。不但从老婆到女友全是大美人，而且她们还不住在一起，不会每天宫斗那么烦人，有雍正的艳福，没有雍正的烦恼。条条花路通大理，段正淳出门的每个方向都住着一个痴痴等待的情人。

他活得很洒脱，天长地久是不想的，"醒时同交欢，醉后各分散"，挥一挥手便走向下一个。但是女人们却没法这么洒脱，他老婆刀白凤痛恨他外面彩旗飘飘，情人们则痛恨他家里红旗不倒，外加彩旗飘飘。每个人都恨自己不能独占他。

段正淳的女友团便都被这样一段爱情困住了，基本都处于一种非常压抑的精神亚健康状态，而且各自有各自的困境。她们都尝试着走出困境，抚平内心的不甘，然而都不成功。

第一个说刀白凤。她的选择是"自虐"。

刀白凤是段正淳的正室，身份最尊贵。她不是汉人，是云南摆夷族大酋长的女儿，她跟段正淳结婚是政治联姻，段家要笼络摆夷、巩固皇位。

但是刀白凤和段正淳对彼此却很满意，两个人武功、相貌都十分般配，在一起很登对，感情不错。然而，问题就出在这个感情不错上，这让刀白凤更痛苦。摆夷人的习俗是一夫一妻，容不得段正淳娶二房。段正淳也就无法拥有三妻四妾，但继续在外面拈花惹草。刀白凤干脆愤而出家，做了道姑。

即便做了道姑，她也无法抚平受伤的自尊心，弥补不了失落感。愤怨之下，她也要让段正淳尝一尝背叛的滋味，便去做了一件非常疯狂的事情，找个男人一夜情。找男人也不好好找，偏偏去找个叫花子。她打的算盘是：

> 我要找一个天下最丑陋、最污秽、最卑贱的男人来和他相好。你是王爷，是大将军，我偏偏要和一个臭叫花相好。

　　这是一种很古老的思路：女人通过作践自己来作践男人。这是故意"自虐"，感觉把自己作践得越厉害，就越能羞辱段正淳；找的男人越低贱，段正淳受辱的程度就越深。说到底，还是因为潜意识中把自己当成段正淳的一部分，作为附属品。

　　问题是，刀白凤干的这事，十多年了从没让段正淳知道。那个男人压根儿就没有因为这次出轨受到伤害。她并不是真的要和丈夫决裂，只是要用这种行为来给自己一个交代，取得精神上的胜利。

　　她胜利了吗？释然了吗？没有！她心里一点都不好过，这反而成了一个巨大的疙瘩，成了记忆中的毒瘤。倘若后来不是为了救儿子，她一辈子都不想说出这个秘密。这件事成了刀白凤心里的隐痛，无法解脱。

　　而且这么干风险还很大。在书里，刀白凤的报复固然是神不知、鬼不觉，没给自己带来什么直接伤害，但如果是普通女生这么干，可能会陷入非常严重的境地。自己出去胡乱找个一夜情，还非挑个最差、最瞧不上的，万一所遇非人，拍了不雅视频，或者对方事后百般纠缠，甚至像刀白凤一样怀孕，那之后的生活可能会遭到重大的破坏，可能会一直笼罩在阴影之下。

　　说白了，刀白凤就算要出轨，也得找个自己真心实意瞧得上的人。保持自尊最好的办法，是永远认真地对待自己，不要为了任何人和任何原因做自暴自弃的事情。遭遇了不公正对待，最好的办法是对自己更加的好。你的自暴自虐报复不了任何人，杀敌为零、自伤一千，冲动时也不爽，事后火葬场。

倘若说刀白凤的办法是"自虐"，那么另一个女朋友王夫人的办法是"自嗨"。

王夫人就是王语嫣的妈妈。这个女人除了长得美，几乎没有优点，性情乖戾，好歹不分。因为和段正淳之间的风流债，"大理"和"姓段"这两件事成了王夫人的雷，沾上一点边立刻就引爆，管你是不是无辜。她的曼陀山庄，凡是有男子擅自进庄，就要被砍去双足，倘若是大理人或者姓段的人，撞到了便活埋。

这些规矩已经够无理的了，执行起来就更加无理，有个无量剑的弟子给王夫人擒住了，他不是大理人，只因家乡离大理不过四百余里，也被活埋。

由于王夫人对段正淳的占有欲太强烈了，又无法得到满足，便干脆开辟了另一项事业——杀人逼婚，就是专门逼出轨的男人回家杀老婆，去娶外面认识的姑娘为妻。

书里有一段情节很有意思，某位男子出轨，被王夫人抓住了，便派人押解其回姑苏城，要亲眼见证他杀了自己的结发妻子，与外面认识的苗姓姑娘成亲，才肯罢休。

那男子恳求说：

> 拙荆和你无怨无恨，你又不识得苗姑娘，何以如此帮她，逼我杀妻另娶？

王李尺

王夫人回答：

> 你既有了妻子，就不该再去纠缠别的闺女，既是花言巧语将人家骗上了，那就非得娶她为妻不可。

这样的逼人杀妻案件，王夫人不知道操办了多少。仅仅是她手下的婢女小翠一人，就曾在常熟、丹阳、无锡、嘉兴等地办过七起同样的案子。

王夫人这种特殊癖好源自她的心结。自己想嫁给段正淳，嫁不了，又没本事让段正淳杀了刀白凤来和自己长相厮守，怎么办呢？没命当女主角，只好另开戏台做导演，逼着别人不停地杀妻，等于玩"模拟人生"，以弥补内心的遗憾。这种行为就像吸毒，隔三岔五就要来一次"自嗨"。

这种"自嗨"的瘾头会越来越大，第一次干这种事可能会得到极大的满足，但到了第十次、第二十次，她渐渐就不过瘾了，满足感越来越少。玩到最后，王夫人终于不满足于模拟人生了，要玩真的了，亲自设局捉拿段正淳，还要杀了段正淳的所有女人，结果酿成一场大血案，连同自己在内大家一块儿丧命。

"自嗨"可能会有一时的爽快，但是需要不断加大剂量，等到毒瘾形成，就可能形成反噬。这种借他人痛苦让自己快活的损招儿，还是用不得。

阮星竹、甘宝宝

在一段不正常的感情里面，
没法全身而退

◇ 段正淳的女友团（下）◇

婚姻是日用品，不是装饰品。

再说阮星竹。

前文中说，段正淳的女友团里，有人"自虐"，有人"自嗨"，阮星竹则是"自欺"。

阮星竹是阿朱和阿紫的母亲。她的性子乖巧柔和，生活和言行都比较正常，又精通水性，可以说是个水一样的女人。她解决执念的办法是什么呢？"自欺"，自己骗自己，帮着男人骗自己。

从她跟段正淳的两段对话就能看出来——有一次，段正淳求阮星竹救人，说："你快救她起来，你说什么我都依你。"
阮星竹说："当真什么都依我？我叫你永远住在这儿，你也依我
么？"段正淳脸上立刻出现尴尬的表情，支支吾吾不回答。

阮星竹十分伤心，说："你就是说了不算数，只嘴头上甜
甜的骗骗我，叫我心里欢喜片刻，也是好的。你就连这个也不
肯。"说到这里，眼眶便红了，声音也有些哽咽。

由此可见，阮星竹已经不追求别的了，只要段正淳骗一下
自己，来点甜言蜜语当止痛剂，也是聊胜于无。相比之下，王
夫人需要的剂量大，要毒品才行，阮星竹则比较温和，来支
杜冷丁就管用。事实上，这根本不是出路。段正淳骗她一时，
最后拍拍屁股走了，她真就不痛苦了吗？不会的，痛苦只会
加倍。

和刀白凤去睡叫花子、王夫人去逼人杀妻相比，阮星竹的
"自欺"更温和一点，对他人也没那么大的伤害，但照样也是不
管用的。在一段不正常的感情里面，她也没法全身而退。

接下来再说说女友团里的最后两位——甘宝宝和秦红棉。
她们是一对师姐妹，也是被段正淳给迷住了的。

这两个人性格完全相反，一个温吞，一个爆裂，互为镜像，
是一对双生花偏执狂。

甘宝宝的选择是"自缚"，自我绑缚。

她选择了嫁人，离开段正淳，看上去最果断，也貌似最放

得下。其他几个女友团成员都在纠结、要死要活的时候，甘宝宝果断组建了新家庭，似乎受这份感情的影响最小。

甘宝宝的心思是比较重的。她被段正淳勾搭上手，怀了一个女儿，随后很快就认清楚了段正淳这个人，知道和他没什么未来，所以怀着段正淳的女儿果断嫁人了。

可是她嫁了一个什么人呢？仔细一看就发现不对劲。书上有这么一段：

> 段正淳问道："宝宝，你嫁了怎么样的一个丈夫啊？"
> 钟夫人道："我丈夫样子丑陋，脾气古怪，武功不如你，人才不如你，更没你的富贵荣华。可是他一心一意地待我，我也一心一意地待他。我若有半分对不起他，教我甘宝宝天诛地灭，万劫不得超生。我跟你说，我跟他住的地方叫作'万劫谷'，那名字便因我这毒誓而来。"

甘宝宝嫁了一个人，武功、人才、相貌、身世家境都不如段正淳，样样都比段正淳差，这也罢了，问题是还"脾气古怪"。前面几样还可以理解，"脾气古怪"就不大能理解了，你嫁一个脾气古怪的人干什么呢？

你看甘宝宝这段话，看似很决绝，似乎心如铁石，很有安稳感和归宿感，其实正暴露了她对自己没信心，对婚姻没信心。

她选的丈夫，几乎是跟段正淳反着来的。段正淳帅，她就找个丑的；段正淳知情识趣，她就找个脾气暴躁古怪的；段正淳不可控，她就找个所谓"一心一意待我"的，也就是自己可以完全掌控的。她想用这样一段婚姻、一个丈夫，让自己从跟段正淳的纠缠中解脱出来。这看上去是什么？"自救"，自我拯救、自我救赎。可效果是什么呢？是另外两个字——"自缚"，绑缚的"缚"。

她炮制的这段婚姻毫无感情基础，明明一点都不爱钟万仇，而且内心还毫不尊重钟万仇，压根儿看不上钟万仇。试想，当老婆的你内心对丈夫丝毫尊重不起来，你的婚姻会愉快吗？想用这样一段婚姻来自救，那不就是自缚吗？

同样，钟万仇也过得非常压抑，他的婚姻只有单方面的爱，这就糟糕了，而且还无时无刻不活在妻子前任的阴影之下，不断提防自己老婆和旧情人死灰复燃。你看书上他们的对话——

> 钟万仇说："你定是对他余情未断……"甘宝宝嗔道："什么余不余的？我从来对他就没情。"钟万仇道："那就最好不过。好极，好极！"语声中甚是喜欢。

这样的对话时时刻刻都在发生，让人觉得非常疲惫。我看金庸小说，觉得给人疲惫感最强的夫妻之一就是钟万仇和甘宝宝，这样的关系真是想一想都觉得累得慌。

甘宝宝这就是作茧自缚。她婚后完全是分裂的，一方面不断告诫自己是钟万仇的妻子，不应该去想段正淳，好好过日子比什么都强，人前人后表现得很贞洁、刚烈。面对段正淳的时候，她正言厉色，说"我是有夫之妇，决不能坏了我丈夫的名声。你只要碰我一下，我立时咬断舌头，死在你的面前"，表现得十分倔强刚烈；可是另一方面却又对段正淳思念更深了，找各种理由跑去镇南王府捣乱，和段正淳照样纠缠不清。

反过来，对钟万仇而言，甘宝宝一方面对外努力地抬举他、表扬他，处处想显示自己的婚姻很稳定、很成功；但是另一方面内心里又忍不住鄙夷他，瞧不起他，私下里相处的时候各种迁怒于他，粗暴对待他，甚至是玩弄他，作践他。他们的婚姻越来越扭曲。

总结一下甘宝宝：聪明，却聪明得不够。所谓找个好人就嫁了吧，这话不是完全没有道理，可是不等于找个自己瞧不上的人就嫁了吧，这完全不同。她明白感情失败了要止损，但是方法没用对。她不是认真再投入一份感情，而是迫不及待地投入了一段婚姻，只认定男人"对自己一心一意"这个优点，然而这么细的一根稻草，根本无力维持一次浩大的救赎，结果是男的日夜提防，女的虚与委蛇，最后只能全面崩盘。

再说远一点，聊聊婚姻这个东西。婚姻是日用品，不是装饰品，不是摆设品，不是一种赌气、一种投靠，"明知不是伴，事急且相随"，这不对。

你一旦给婚姻赋予它不该有的意义，就没有办法从婚姻中获得滋养，反而不如一个人过得轻松。要记住，匆匆忙忙去重新开始，往往会让局面更混乱，从简单的两角关系变成三角甚至多角的局面，最终像甘宝宝这样，不但不能从原先那份伤心中解脱出来，还会陷入一种新的混乱中。

说罢甘宝宝，最后来看秦红棉。师妹甘宝宝是"自缚"，而师姐秦红棉则是另一种玩法——"自宫"：就是老娘我不碰男人了，我身边谁都不准再碰男人了。

秦红棉可以说是段正淳所有女朋友里面最痴，也最偏的。被段正淳抛弃后，她得出了个结论：男人都不是好东西，沾不得；男人这个东西有原罪，爱和性这个东西有原罪。

她一怒之下跑到一个山谷躲藏了起来，给自己改名叫"幽谷客"，再也不见任何男人，从此和一切男性断绝关系、断绝来往。平时买米、买盐都叫保姆梁阿婆去，不和男子照面接触。有一次梁阿婆病了，让儿子代买了送来，秦红棉为此大发雷霆。

秦红棉这种做法比李莫愁还夸张，也没见李莫愁不和男人说话。十几年如一日地不见男人了，这不是自宫是什么？

秦红棉不但自己断绝和男性的一切往来，还要求女儿这样搞。她让女儿长年累月用布把脸蒙起来，不让女儿接触男人，说天下男人都是王八蛋，而且还给女儿定了一个非常变态的规矩，就是对于第一个看到你脸的人，你要么杀了他，要么嫁给他。

这个规矩真是危险，后来幸亏女儿木婉清第一个遇到的男人是段誉，倘若是南海鳄神，后果真是不堪设想。

秦红棉这种选择，一看就知道要坏事。这种自我隔离有用吗？没有用。可以隔断痛苦和执念吗？不能。能战胜一份感情的是另一份感情，而不是孤独。实际上，她无时无刻不在思念段正淳，没事儿就要耍几套段正淳教他的"五罗轻烟掌"偷偷过瘾，现实中一见到段正淳本人，就全线崩溃。

她的这种心理状态是有一个叫法的，叫"放大仇恨对象"。段正淳对不住我，我就恨天下所有男人；一场恋爱失败了，我就觉得爱情这个东西有罪。在动物园里分手，就恨上了全世界的动物园，狮子、老虎、大熊猫都对不住自己；在电影院分手，就恨上了全世界的电影院，谁去看电影就是和自己作对，就是和自己过不去。

总览段正淳的女友团，这些阿姨原本都很优秀，却没有一个得到比较好的结果，没有一个过上正常的人生，并且还伤害了很多人。说到底是什么？还是缺少反思的能力。或是迁怒于人，或是诿过于人，或是作践自己，或是放大仇恨，唯独不肯反思真正的问题，所以自缚、自嗨、自虐、自宫花式上演。

情病这个病，愿意自救才有得救。

秦红棉

她骨子里是属于江湖的

◇ 宁碰康敏，别碰秦红棉 ◇

"修罗刀下死"容易，守着修罗刀一辈子去死不容易。

据说《天龙八部》里有两条定律：一是所有的爹都不是亲爹；二是所有段正淳的女人都没有好下场。

第一条的原因很简单，无非是段正淳花心。第二条的原因就复杂了，段正淳的女人们，性格、人品都完全不一样，有温柔的，有泼辣的，有善良的，有狠毒的，有死缠烂打的，有死了心嫁人的，为什么都没有好下场？

有说法是她们所托非人，看上谁不好，偏偏看上段正淳；也有说法是她们太过痴情，脑筋不转弯；等等。

事实上，人们常常忽略了"秦红棉"们的最大问题，就是她们的本质都是女侠，而不是女人。

秦红棉、甘宝宝她们对段正淳的要求是什么？是段郎"跟了我去"，完全加入她们的生活。最典型的是秦红棉的一番告白：

> 淳哥，你做了几十年王爷，也该做够了。你随我去吧。

她们的毛病都不是女人的毛病，而是女侠的毛病。她们不能和段正淳终老，不完全是刀白凤吃醋，很大的原因是她们在骨子里是属于江湖的。她们梦想中的完美爱情，是自己照样做美丽豪侠的"修罗刀"和"俏药叉"，身后跟着一个百依百顺的段郎。

偏偏段正淳的本质不是侠客，而是一个官僚贵族。正如他手下的褚万里、傅思归、古笃诚、朱丹臣、高升泰等也不是侠客，而是门客。本质上不相同的两个人，很难实现最终的契合。所以，"秦红棉"们的爱情注定不会有好的结局。

段正淳的女人之中，只有一个人例外，那就是马夫人康敏。和秦红棉、甘宝宝、王夫人、阮星竹等都不一样，她的本质不是女侠，而是女人。

她是唯一一个明确提出要当王妃的，目标坚定而清晰。《天龙八部》第二十四章"烛畔鬓云有旧盟"里，在下决心杀段正淳之前，她向这个花心男人发出了最后绝命三问：

> "以后你怎生安置我？"
> "带不带我去大理？"
> "封不封我做皇后娘娘？"

康敏用词非常好——"安置"。在她的设定里，自己毫无疑问是该被"安置"的对象，而"秦红棉"们正好相反，她们考虑自己被"安置"的少，而幻想自己该怎么"安置"段郎的多。像王夫人，连专门安置段郎的爱巢曼陀山庄都给他准备好了。

或者有人说，"秦红棉"们好纯情，康敏太有野心。但事实上，她给段正淳出的题目反而相对是最实际、最好操作、最没有野心的——你觉得对于一个王储而言，是换一个妃容易，还是要他放下富贵尊荣，抛弃对国家民族的责任，下决心跟一个野女人跑掉更容易？

男人常常把女人过度追求物质、身份称为"有野心"，而把一心追求情感满足称为"纯情"。大概是因为前者容易让男人感到直接而明显的压力，觉得自己无法源源不断地供给所需，却不知后者——秦红棉、甘宝宝的那些梦想，"不当王爷，随了我去""提了刀白凤那贱人的首级，一步一步拜上万劫谷来"——更难实现。别说是段正淳了，哪怕是个机关小职员，要他下决心抛弃一切跟一个女人去混江湖，从此世界里只有这个女人，有这么容易吗？

段正淳泡妞的经典名句是"修罗刀下死，做鬼也风流"。我相信这是真心话，事实上他也做到了，最后为她们殉情而死。但他也用一辈子拖泥带水的感情经历，证明了另一句话，就是："修罗刀下死"容易，守着修罗刀一辈子去死不容易。

说到底，男人们需要管住自己，如果没有说走就走的勇气，宁可碰康敏，也不要去招惹修罗刀。

梦 姑

自由、奔放的人生背后，是一个温暖的爸爸

◇ 梦姑的好爸爸 ◇

做政治强人的女儿，本来是不幸福的，但梦姑是一个例外。

金庸的小说里有很多坏爸爸，用今天的话说，是没资格当爹的。比如周伯通，自己有了孩子都不知道，是一个严重不合格的爸爸；还有少林寺的玄慈方丈，女朋友生了孩子，十几年不管不问，孩子在自己眼皮底下当学徒都不知道，怎么都说不过去。

但与此同时，金庸的书中也有一些好爸爸。比如欧阳锋，就算是杨过的好爸爸。

下面要说的是一个很少被人注意，但其实很暖、很感人的爸爸。他的名字很陌生——李乾顺，说出来一般人都不知道。

其实只要说出他的职业，大家就都知道了。这个人是西夏的皇帝，也就是历史上的崇宗圣文帝。他的女儿就是"梦姑"，他便是帮女儿招亲的西夏皇帝。

在书上，这个皇帝老爸根本没太多戏份，连台词也没有，只是简单说了一下他的长相：

> 身形并不甚高，脸上颇有英悍之气，倒似是个草莽中的英雄人物。

看上去比较凶，给人感觉是个狠角色，属于杀伐果断、一心只关注国家大事、不太有温情的那种。按道理说，这种人的亲人子女都应该是战战兢兢，每天察言观色，生怕惹事的。但出乎意料的是，他的女儿银川公主却很自由、奔放。

你从她的住处、生活习惯等就能看出来。这个公主好好的宫殿不住，非要别出心裁，大兴土木，在皇宫里钻山打洞，搞什么"青凤阁""幽兰涧"，还要在深涧上拉一条钢丝当马路，每天带着宫女在钢丝上飞来飞去，学杂技。

这个皇帝老爸居然也惯着，让女儿这样疯。

女儿貌似还喜欢文化艺术，爱搞收藏，在自己的闺洞里囤了宫里不少"晋人北魏的书法，唐朝五代的绘画"。而皇帝自己多半是个没什么文化品位的人，但既然女儿喜欢，他貌似也就支持。

最出乎意料的，是他帮女儿招亲，给女儿全网推送招亲榜文，公开招驸马。

事情的原因，大家基本上都知道：有一次，公主在一个冰窖遇见了虚竹，大家在黑灯瞎火里一起学习、一起进步，成了"梦姑"和"梦郎"，共拼西夏梦，慢慢产生了爱情。分别之后，为了找到"梦郎"，西夏国公开招亲，海选驸马，向每个人问三个问题，好让公主找到意中人。

对这件事，公主说得轻描淡写："请父皇贴下榜文，邀你到来。"说得轻巧，其实相当不易，这是恋爱自由啊！女儿想怎么选女婿就怎么选。

我们对比一下金庸小说里的其他爸爸，就知道这个皇帝爸爸有多好了。

比如段誉的爸爸段正淳，已经算是个疼儿子的了。儿子随便泡妞，老爸也不管，但唯独一件事例外：儿子要找谁做老婆，那对不起，老爹说了算。

他令段誉去娶西夏公主，是发了红头文件的，盖了"大理国皇太弟镇南王保国大将军"的朱红大印，让儿子"以国家大事为重，儿女私情为轻"。

帝王之家，婚姻都是政治交易，也不能怪段正淳。但相比之下，是不是西夏的皇帝爸爸李乾顺就显得更疼女儿了？

我们再对比一下金庸其他小说里的爸爸。比如黄药师，也算很疼女儿的了，一把屎、一把尿把黄蓉带大，也是不容易，有时也很宠闺女。但是一具体到女儿的恋爱问题，他就要横加干预了。他为了自己的面子，怕女婿是个傻小子惹江湖人笑话，非要女儿嫁欧阳克，逼得闺女要跳海。

再来看郭靖。他对女儿也算是不错，尽到了抚养、教育的责任义务。但是他允许女儿自己挑对象吗？我看也是不允许的，说把女儿给杨过就给杨过。

要说疼女儿，是不是都不如这个西夏的皇帝爸爸？

而且，"梦姑"的爸爸让女儿公开招亲，问每个人三个怪问题选驸马，搞行为艺术，代价和风险是很大的。

先说代价。女儿"梦姑"，也就是银川公主，长得很美，艳名远播，仰慕者众多，是一个很好的政治筹码。如果拿来和大邦强国结亲，可以立刻给西夏国多一个强援。

嫁给吐蕃王子，就可以得吐蕃为强援。哪怕嫁给大理王子，也可以多一个小国大理做亲家。这个道理傻子都懂。段正淳让段誉做西夏驸马也是为这个。

可是，为了让女儿找到自己喜欢的人，西夏的皇帝爸爸放弃了这个机会，让女儿自己选"梦郎"。女儿的意中人会是什么来头，是程序员还是公号狗，还是手机贴膜的，老爸也不在乎。

再说风险。公主招亲，把吐蕃王子、大理王子，还有一大批天下英雄豪杰都邀来了，最后黑灯瞎火问三个问题，王子们就被打发滚蛋。人家不但连公主的面都没见到，公主的声音也没听到，乘兴而来，败兴而归，这很得罪人的。你让人家千里迢迢而来，陪公主玩了一把行为艺术，就滚蛋回家？得罪了大理倒还好，大理弱小。如果得罪了吐蕃，岂不是代价沉重？

这个西夏皇帝，等于为了女儿的爱情玩了一把烽火戏诸侯。这样的事，黄药师、苗人凤都是做不出来的，但是皇帝李乾顺先生为女儿做出来了。

这还不够。在招亲的时候，他还要配合女儿的活动，亲自出面，宴请会见了来求亲的各大代表团。

这个会见的过程非常有意思。之前，选手们都把这次会见当成了选秀面试，觉得皇帝肯定会仔细考察自己，事先各种打扮、准备，估计背了一大堆面试题、西夏名人名言之类。

谁知道在宴会现场，皇帝只待了几分钟，伸手比了一个"耶"，就闪人了，连正眼都没有看选手们——

> 那皇帝举起杯来，在唇间作个模样，便即离座，转进内堂去了。一众内侍跟在后面，霎时之间走得干干净净。

现场选手都很奇怪，"相顾愕然"，没料想皇帝一句话不说，一口酒不饮，就这样走了。大家都想："我们相貌如何，他显然一个也没看清，这女婿却又如何挑法?"

其实，皇帝爸爸看似在"走过场"，看似是完全没有诚意，但你想想这个情节，会发现很有深意。

他的一句话不说、一个候选人都不看，恰恰透出对女儿的疼爱。他这是在表示：你的丈夫你自己选，我一点都不干扰你；我出来给你撑撑场子，其他的都交给你了。

政治家，本来往往是没有亲情的。做政治强人的女儿，本来是不幸福的。你看任盈盈，她老爸下台被关押期间，她过得风光自在，后来老爸重新上台当了魔教教主，书上说她倒憋屈了，"反而没有了之前的权柄风光"。

而这个西夏皇帝，我觉得真是个例外。他看似草莽、粗鲁的外表之下，有一颗暖暖的老爸的心，给女儿留了一个自由温暖的角落。

他是金庸在不经意间给我们写出的一个好父亲。

岳 灵 珊

豌豆上的公主

◇ 岳不群夫妇的坏教育 ◇

　　每一个岳灵珊这样没思考能力、不敢决断的孩子，背后往往都有一对岳不群夫妇那样习惯漠视他们意见的独断专行的父母。

　　任盈盈和小师妹岳灵珊，在有的事情上完全不能比。

　　两个都是《笑傲江湖》里的女主角，也都青春美丽。但假如放在一起比较，便有一个非常刺眼的差距，在个人的综合能力上，无论是武功还是魄力，还是办事能力、领导决策能力，任盈盈都要高出老大一截。

　　两个女生的岁数是相当的，都是十七八岁的年纪，甚至小师妹可能还略大一点。但两人的气质完全不同。小师妹给人的印象，就是一个怯生生的无法独立生存的小姑娘。她武功很弱就不细说了，只说头脑和办事能力，作为华山派掌门的女儿，小师妹在江湖上没有任何影响力，哪怕在华山派也什么都不是，属于吊车尾的存在。

她对自己的认知也就是一个弱小的女生，习惯成自然地乐于做一个无用的"武二代"，在门派里扮演甜心宝宝的角色，频繁在爹妈面前撒娇。比如上得华山，见到了岳夫人，当着全公司人的面，小师妹的典型动作是什么呢？乃是：

> 岳灵珊飞奔着过去，扑入她的怀中，叫道："妈，我又多了个师弟。"一面笑，一面伸手指着林平之。

活脱一个没长大的孩子。

她还显得很软弱，动不动就哭，似乎不堪一击。粗略统计，她在《笑傲江湖》中光哭就哭了七八回。见到大师哥时，"突然拉住他衣袖，哇的一声哭了出来"。又如被老爸批评了，"心中大受委屈，眼眶一红，便要哭了出来"。

关于她哭的段落数不胜数，比如："双目微微肿起，果然是哭过来的"；"岳灵珊小嘴一扁，似欲哭泣"；和大师兄比武失败了，"左足在地下蹬了两下，泪水在眼眶中滚来滚去，转身便走"。除了哭泣，还有"吓得大叫"的时候。有一次她练习轻功，因为用力稍大，落地的时候离悬崖太近，就"吓得大叫起来"。

在亲爹、亲妈的公司里，但凡遇到任何小的挫折和挑战，她往往都要哭，不然就"吓得大叫"，是真正豌豆上的公主。

而这时候，同龄的任盈盈早已经是江湖上的"圣姑"了，所到之处受到无数江湖人士的拥戴，已经是个有自己班底的小政治家了。在驾驭这些江湖人士的时候，任盈盈很有手段，可说是言出法随、令行禁止，说让谁戳瞎眼睛就戳瞎眼睛，说流放谁就流放谁，比岳灵珊的能力不知道强到哪里去了。

在门派内部、在父亲的身边，任盈盈的角色定位也和同龄的岳灵珊完全不同。

任盈盈是父亲的重要臂助。父亲谋划的一切大事，乃至于推翻东方不败、重夺教主之位这头等的机密大事，任盈盈也是全程参与，并且还发挥了重要的作用，从来不曾见她像岳灵珊一样哭泣、"吓得大叫"。

两个同为十七八岁的女孩子，这种差距是怎么形成的呢？难道真是天生的吗？我看还是后天的因素大一些。

这里只说一点，家教。且来看看，小师妹岳灵珊的父母平时是怎么对待她的。随便举书上几小段话：

1. 岳夫人道："冲儿，别理珊儿胡闹。"
2. 岳夫人道："珊儿，别尽缠住爹胡闹了。"

3.岳灵珊道："大师哥身受重伤，不能再挨棍子了。"岳不群向女儿瞪了一眼，厉声道："……你是华山弟子，休得胡乱插嘴。"

4.岳灵珊急道："那怎么成？岂不是将人闷也闷死了？难道连大小便也不许？"岳夫人喝道："女孩儿家，说话没半点斯文！"

5.岳灵珊道："爹……罗人杰乘人之危，大师哥岂能束手待毙？"岳不群道："不要你多管闲事。"

6.岳夫人道："珊儿不要啰唆爹爹啦。"

注意看父母口中对岳灵珊当面讲出来的话，动辄便是"多管闲事""胡乱插嘴""不要啰唆""胡闹"……

岳灵珊此刻已经成年了，但每当她想发表一点自己的意见，讲一些自己的个人看法，父母便要习惯性地去否定、去忽视，甚至是去践踏和反唇相讥，开口闭口便是"你胡闹""你多管闲事"，只把她当不懂事、没用的小姑娘看待。

已经成年了的女儿，岳不群夫妇都这样对待，那么当女儿还在幼年、少年之时，情况之糟糕便可想而知。

一个孩子，长期没有思考的权利，话语得不到倾听，意见得不到尊重，久而久之，也就习惯了自己的这种空气人、小透明的定位了，反正爹妈精明强干、包办一切，自己动脑筋也是白动，发表意见也是白瞎，何必还动脑筋呢？

对比任盈盈，虽然她的父亲也强势，势力、武功更是胜过岳不群夫妇许多，但却一直把女儿当作重要的助手甚至是接班人培养。小说中，父亲任我行几乎从没对女儿说过"不要多管闲事""休得胡乱插嘴"这样的话。女儿也就一步步培养锻炼出了思考能力，有了拿主意、判断大事的能力，和岳灵珊这样的傻白甜差距就越来越大。加上后来任我行意外地被政敌囚禁了，任盈盈只能孤身打拼，处理各种复杂问题，各方面能力都得到了锻炼，更加飞速地成长了起来。

为什么我们读书老有一种错觉，感觉任盈盈比小师妹岁数大？就是因为前者更成熟，两人的自我定位不同、能力不同，总使你觉得任盈盈更懂事、能干些。

后来小师妹选男人，选崩了，被她所选定的男人给抛弃和杀害了。一说到岳灵珊的爱情悲剧，我们通常就说她是爱错了人、看错了人。可事实上，这是另有根源的。选择林平之，可说是她人生中第一次自己做出重大决定。而在此之前，她几乎从来没有思考大事的经验，从来没有独立判断过什么重大事情。在这种情况下，突然就要做出人生重大决断，怎么能不出偏差？

我看不出错是小概率，出错才是大概率的。从这个角度来说，她看错人真的不稀奇。

回到现实中，许多孩子能力上的"弱"、自我意识上的不独立，常常都是"岳不群"这种家庭环境导致的。那些没主见、意志脆弱的孩子，往往有独断专行的父母。

在这些"岳不群夫妇"式的父母看来，自己全知全能、无比强大，孩子的一切意见都幼稚，一切主张都肤浅可笑，却不知道人的成长有一个过程，总要从幼稚到成熟。每天压制着，不让思考、不让决策，怎么成长得起来？

我不禁想起身边一件事。前些年，我一个弟弟想要买个房自住，给我列举了不少理由，希望得到我的支持。而他的父母坚决反对，担心房价跌、买亏了等等。

我劝他父母说："弟弟已经成家生子了，然而从小到大这么多年，我还是第一次亲耳听见他对自己的人生大事做出计划，说出自己的决定。这应当鼓励，甚至比一个小房子的涨跌还重要。二线城市的房价，说白了，涨也好，跌也好，事情能大到哪里去？让他学着自己做决定才是要紧的。咱们得支持他。"

后来，我这个弟弟买了房，房价虽然也涨了，但更重要的是，那是他自己的决定。

小师妹的故事，对于你我这样的读者也是个启示。假如你是小师妹，爹妈强势，不大听你的意见，千万别自己限定了自己。别人拿你当孩子，你别一直拿自己当孩子。比如你是实习生，就一直把自己当实习生，一点脑筋也不肯多动；你是新手，就一直满足于当新手，自己给自己设限，就一直没有成长。

◇ 小时候的洋娃娃 ◇

总有一天，女孩子会不再喜欢收到洋娃娃当礼物。可是洋娃娃并不知道，总幻想这种关系可以一直延续。

令狐冲最喜欢小师妹，可是小师妹不喜欢他。她结束对令狐冲的依恋，整个过程非常快，也就是短短几个月间的事。之前，大师哥对她来说还是一个离不开的人，忽然之间就不喜欢了。

原因当然有很多，但我觉得一个很简单的原因就是：女孩子长大了。女孩长大，就不再喜欢小时候的洋娃娃了。令狐冲，就是她小时候的一个洋娃娃。

令狐冲和小师妹青梅竹马，他一直以为自己是在和小师妹恋爱。

但你看他对小师妹的态度，不像是对爱人，而像是对主人。

小师妹要什么，他从不违逆。小师妹任性要做什么事，他都容让。他给小师妹做各种玩具，还抱着幼年的她满山采果子吃。

过去，小师妹走到哪里，都会问大师哥，都要找大师哥。这很正常，谁的童年没有一两样离不开的玩具，只不过，这种玩具注定陪不了一辈子。总有一天，女孩子会不再喜欢收到洋娃娃当礼物。

可是洋娃娃哪里知道，总幻想这种关系可以一直延续。

令狐冲在思过崖上隔绝的那一段时间，是他俩关系转变的关键时刻。

当时，岳灵珊生了十几天的病，说是受了风寒，发烧不退，卧病在床。这个病，其实是一场成长的病，是少女脱胎换骨、身与心都抛弃幼稚、走向自我觉醒的成人之礼。

痊愈之后，小师妹又上华山，给令狐冲送饭。书上说，两人隔了这么久见面，均是悲喜交集。

注意，两个人的悲喜交集是不一样的。令狐冲的悲喜，是小主人又来看我了，又来垂青我了。

而小师妹的悲喜，是一次诀别，是对童年最爱的大娃娃的诀别。

就好像少女把洋娃娃打包收进阁楼前，最后一次看看、安抚式抱一抱的诀别。

> "第二日天又下雪，岳灵珊果然没再来。"
> "过了二十余日，岳灵珊提了一篮粽子上崖。"
> "这次她过了十余日才又上崖。"
> ……

岳灵珊来看他的次数少了，间隔也越来越长。令狐冲不忿，他失落，他争宠。

他打落了小师妹的剑，还扯破了她的袖子。这都属于洋娃娃式的争宠。

于是，小师妹就很烦。倒不是心疼剑，也不是心疼衣服，而是烦他入戏太深。一个你已经做了告别的人，却仍然在不依不饶地加戏、争宠，你自然就很烦。

书上出现了这样的对话：

> 岳灵珊怒道："放手！"

她让大师兄放手。

令狐冲仍然搞不懂状况：

> "我便是不明白，为甚么你对我这样？"

　　"当真是我得罪了你，小师妹，你……你……拔剑在我身上刺十七八个窟窿，我……我也是死而无怨。"

　　其实，人家小师妹已经说了，并不想拔剑刺你，也不是你得罪了她什么，只是想让你放手。

　　小师妹最终所托非人，她喜欢的林平之成了一个冷血变态。可她过得再虐、再苦，也没有想过回到令狐冲身边。

　　一个女孩子在恋爱中再受挫折，也不会想要回到童年的洋娃娃身边。

　　令狐冲也遇到了任盈盈，这才是一场对等的、正常的恋爱。

　　他也终于发现，自己不用再在阁楼里作为一个洋娃娃苦等下去了，而是可以走出去，开始自己的新历程。

　　后来，在小师妹死后，他还悄悄回到她华山的闺房，打开抽屉，看见许多被封存的玩具，都是些小竹笼、石弹子、布玩偶、小木马等等。

　　不知他有没有想到，如果自己不走出去，也会像这些玩具一样，被整整齐齐地封存在这里？

　　舒婷有一首现代诗叫《北京深秋的晚上》，有一段很像是令狐冲的心情——

　　我感觉到：这一刻

正在慢慢消逝

成为往事

成为记忆

你闪耀不定的微笑

浮动在

一层层的泪水里

我感觉到：今夜和明夜

隔着长长的一生

心和心，要跋涉多少岁月

才能在世界那头相聚

我想请求你

站一站

路灯下

我只默默背过脸去

他也想请求小师妹站一站。

路灯下，他不敢看，只默默背过脸去。

◇ 女生"被保护得很好"其实很恐怖 ◇

华山天下险。这个世界，无论是母亲还是大师兄，都无法贴身保护一辈子。

看《笑傲江湖》，有没有发现小师妹岳灵珊的一个处境，倘若细想起来，其实非常恐怖。

那就是，她"什么都不知道"。

具体是什么意思呢？就是岳灵珊这个姑娘，对于身边发生的一切稍微隐秘的事情，乃至这个江湖上一切稍微隐秘的事情，统统不知情，半点也不知情。

这些阴谋和秘密，无论是她身边的还是身外的，是门派里的还是门派外的，是亲人身上的还是朋友身上的，是阴谋还是阳谋，是大事还是小情，是故意瞒着她还是无意瞒着她，是对她无害还是对她极度危险，她一概不知道。

她经历的第一件大事，就是被父亲派到福威镖局去搞潜伏，开店卖酒。那是父亲谋划的一个巨大伏笔，可她不知道，只以为是趟春游。

和她一起卖酒的憨厚可靠、老实巴交的二师兄，居然是嵩山派的探子，她不知道，只以为是个好人。

到了衡山参加刘正风"金盆洗手"仪式，刘正风结交魔教长老，大变已在旦夕，她不知道。然后刘家惨遭灭门，具体详情她也不甚了解。

作为五岳之一的华山派掌门独女，岳灵珊对这个江湖的认知，甚至还不如衡山茶馆里那些张口就来的市井之徒。人家抿口茶还能说道两句衡山派内讧了，掌门莫大先生与师弟刘正风不和云云，岳灵珊却估计连衡山派大门往哪儿走都不知道。

回到华山，大师兄一场面壁思过，突然武功大进、剑法如神。为什么？发生了什么？她不知道。

然后父亲大怒，开始疏远防备大师兄。到底为什么？她不知道。

整个华山的气氛越来越怪，可是究竟为什么，她不知道；师兄弟陆大友、英白罗离奇被杀，到底谁干的，她不知道；华山派被离奇地围攻，险遭灭门，幕后凶手是谁，她不知道；父亲心怀鬼胎，觊觎《辟邪剑谱》越来越疯狂，她不知道；心上人林平之开始仇视华山、戒备自己了，心理逐渐变态了，她不知道。

到后来，她身边的世界已经开始崩塌了，地动山摇了，她仍然什么也不知道。父亲偷偷练《葵花宝典》，母亲已经察觉，两口子暗中激烈争吵，岳灵珊却毫无察觉；就连丈夫林平之也自宫练了《葵花宝典》，她仍然不知道。她真的是什么都不知道。

她身边的人里，也不乏一些单纯善良的，比如母亲岳夫人、师兄令狐冲等，但没有一个人像她这样完全、彻底地后知后觉，从头懵到尾。母亲岳夫人至少知道丈夫的诡异变化，从被窝里捡到过丈夫的胡子；令狐冲至少还怀揣着一个风清扬和"独孤九剑"的秘密。

唯独岳灵珊什么也不知道，等于是盲人瞎马，都踩在悬崖边上了，黑手已经扼近她的咽喉了，她仍茫然无觉。

待到她刚惊讶地知道了一点点真相，猛地发现父亲、丈夫原来都不是好人，而且都已经自宫了的时候，她的生命已经进入了倒计时，转瞬间被丈夫一剑捅死。就好像一个小姑娘浑浑噩噩地住在鬼屋里二十多年，忽然掀起幕布一角，刚看见鬼，就被吞噬了。

　　假如我们站在她的立场上，回看一下这段经历，会情不自禁地觉得异常恐怖。

　　岳灵珊这种对环境、危险茫然无察的状态是怎么来的？是什么原因造成的？倘若归纳一句话，那就是她"被保护得太好"了。

　　她是华山派独一无二的小师妹。她吃穿不愁、爹疼娘爱，整个华山的师兄弟都为她撑腰，还有个二十四小时工作、第一要务就是哄她开心的陪玩令狐冲。她的性格其实也不差，就是稍稍有点骄纵，但程度也在小姑娘的正常范围之内，周围的师兄都把她当自己的妹妹看待，从没有人对她说过重话，大家都保护着她，就算下山历练，也是先由师兄们帮她扫除一切障碍，再等她来走社会实践流程。

　　君子剑父亲和宁女侠母亲也不让她接触危险，不让她了解阴谋，从没给她欲戴皇冠必承其重的继承人压力。剑法，能过得去就行，有这么多师兄在，真打起来也轮不到她上。

　　岳灵珊甚至还用大把的时间和令狐冲研究出了一套眉来眼去的"冲灵剑法"，这套剑法完全就是种无用的功夫，"无半分克敌制胜之效"。无聊到什么程度呢？比如其中一招"同生共死"，是要双剑迅即互刺的一瞬之间剑尖相抵，剑身弯成弧形，不差分毫。他们两人练了成千上万次，花了大把时间才练成，就为了开心。

没有负担，没有责任，没有压力，没有委屈。都快二十岁了，早就不是个孩子了，可生活中最大的事情，也只有该不该给师哥送饭，以及如何欺负戏耍小林子。

要说她受过的最大委屈，应该就是思过崖上和令狐冲比武玩耍，结果一着不慎，自己的碧水剑被打落下悬崖。就这么个事，岳灵珊气得咬紧双唇、脸色苍白，泪水在眼眶中滚来滚去。站在崖边，她不去想自己学艺不精没握住武器，失手掉落了，还怪大师兄欺负她、不让着她。

这恰恰说明，从来都没人真正欺负过她。

所以，她对一切危险、诡秘都没有察觉，旁人自然不告诉她，不和她商议，而她自己也发现不了。大家都感觉到鬼屋不对劲了，有人已经和鬼做交易了，有人已经变成鬼了，唯独她是懵懂、茫然的。就连逃跑的时候，也没有一个人向她喊一声："快跑！"

平时生活里，经常听见父母介绍女儿说"她一直被保护得很好"，也经常听见女生略带骄傲地说自己"一直被保护得很好"。这话得分两头说。在这个仍然有动荡、危险的世界上，"一直被保护得很好"未必是好事，甚至有可能是很恐怖的事。

华山天下险。这个世界，无论是母亲还是大师兄，都无法贴身保护一辈子。

戚芳

命只有一条，不需要百分之百证明烂人是烂人，
先规避风险再说

◇ 别给烂人捅你最后一刀的机会 ◇

"逃离烂人定律"，最要紧的第一条就是：不用百分之百地证明烂人是烂人。

金庸小说里，很多好端端的女人都死在烂人手上，并且还是自己主动送上去挨刀的。戚芳、岳灵珊都是如此。

戚芳是《连城诀》的女主角，最后就被烂人所杀。她明明知道丈夫万圭是个烂人，自己明明也已经逃出生天了，却还要动恻隐之心，回转身去救人，相信所谓的"一日夫妻百日恩"，结果被万圭一刀毙命。

《笑傲江湖》里的小师妹岳灵珊也是一样，眼看丈夫林平之已经凶相毕露了，仍然不肯离开，犹豫难舍，然后被林平之持剑杀死。

这两个女人相似之处是，遭了男人毒手之后，还多多少少维护凶手。小师妹在弥留之际，还要大师兄答应不可伤害小林子，照顾他一生。戚芳临死前面对师兄"万圭在哪里"的追问，也是不予回答，言下之意是不愿师兄去复仇，还是要罩着坏人。

从这两个女人的遭遇看，如何躲避烂人，真是大学问。遇到烂人不奇怪。世道艰险、人心叵测，"熊罴对我蹲，虎豹夹路啼"，一时瞎了眼、所托非人也是难免的。猝然遇上一个，被他伤害，挨上一刀，那也罢了，关键在于不要挨最后一刀，不要给烂人捅你最后一刀的机会。

在此，我总结了几条"逃离烂人定律"，最要紧的第一条就是：不用百分之百地证明烂人是烂人。

识人不是做科学实验，不必讲百分之百。但凡感觉身边人不对，哪怕只有百分之一的烂人苗头，就得提高警惕，察其言、观其行；有百分之三十的证据，就可以及时避险走人；待到有了百分之六七十的证据，烂人已经高度疑似是烂人了，此时已是非走不可了，绝不能留恋实验室。

如果一样东西看着像条狗，叫起来像条狗，跑起来像条狗，摸起来还像条狗，那么它多半就是条狗。命只有一条，不需要百分之百证明烂人是烂人，先规避风险再说。

　　但是有些女士有强迫症，富有科学精神。她们非要百分之百地证明烂人是烂人才甘心。只要还有一丝理论上的希望，她们都不肯承认、不愿放弃，然后陷入极度险境。

　　就说万圭，他的烂人本质已经暴露了百分之九十九了。戚芳明明听见他和父亲万震山在背后大骂自己是"淫妇"，还杀害了自己的父亲戚长发，陷害了自己的师兄，连亲生女儿空心菜都要杀。还需要进一步验证吗？不用了，人生不必如此豪赌，跑就是了。但戚芳这位科学家还存了一个念头，觉得他理论上还有百分之一的人性没有灭绝——万一这人还顾念夫妻情分呢？万一这人还想着"一日夫妻百日恩"呢？

　　于是，她就跑回去做实验，去救老公，结果中刀身死。

　　岳灵珊也是一样的情况。在遇害之前，林平之的禽兽本质已经暴露了七八成了。他暴露了已经自宫，心理变态，和岳灵珊一言不合，就把她从车上推下来。他还暴露了自己对岳家的刻骨仇恨，为清算岳家已是不择手段。

　　此时此刻，已经有八九成的证据表明他是烂人了。可是岳灵珊不信，也要坚持科学精神，证明那剩下的百分之二十，结果一剑入腹，被杀身亡。这等惨案再次说明：自证清白是他的事，不是你的事，你的头等大事是保护自己。

　　"逃离烂人定律"还有第二条：不要总习惯性替烂人找借口。

　　岳灵珊死的时候，居然还说"小林子不是故意的，他很可怜"。她还替凶手找尽了理由，"平弟他不是真要杀我""他是怕我爹爹""他要投靠左冷禅，只好捅我一剑""他不是存心杀我""只不过一时失手罢了啊"。

有时候，甚至烂人自己都不给自己找理由了。林平之杀妻之际说得明白，"我就是要向左掌门表明心迹"，一剑就向老婆捅了过去。她却还在搜肠刮肚给他找理由，值得吗？

每个人堕落都有理由。人不是天生就是禽兽的，挖空心思，哪里找不到点理由？但这些理由对受害者来说毫不重要，保护自己才重要。

"逃离烂人定律"最后一点：永远记住你还有其他更重要的人。

保护和维护烂人，不但伤害自己，还伤害其他重要的人。岳灵珊死在林平之手上，间接害了她妈妈宁中则。女儿无端失踪后，宁中则失魂落魄，满江湖寻找女儿，完全方寸大乱，结果被敌人的迷药迷翻。连敌人都诧异：得手也太容易了，作为成名女侠，怎么能中这样低端的迷药？宁中则的被俘、受辱、自尽，间接来说都和岳灵珊之死有关。

试想，为了一个烂人，不但葬送了自己，还把母亲也一起葬送了，是不是太不值得？

戚芳也是同样道理。她还有女儿空心菜，自己无端死于烂人之手，留下一个五六岁的小女孩没了妈妈，若非师兄狄云及时出现，叫这样一个小女孩在混乱的江湖如何生存呢？有没有必要为了烂人，把更重要的人置于险地？

所以，别给烂人机会捅出最后一刀。如果可以，最好像汉诗《有所思》里的女子一样果敢：

"拉杂摧烧之。摧烧之，当风扬其灰！"

程 灵 素

我对自己的爱负了责。我用尽全力，护送你到了
最远的地方

◇ 我爱你，与你无关 ◇

你喜欢谁，那是你的事。但我身边三尺之处，仍然是你最安全的地方。

金庸笔下，许多美好的事情都发生在十六岁。郭襄是，程灵素也是。

那一年，在自家茅屋旁的花圃里，程灵素第一次见到胡斐，就喜欢上了他。

她给了他一样礼物：两支小蓝花。这很有可能是她人生中，第一次给陌生的青年男子礼物。

小蓝花是地里现拔出来的，根须上还带着土，很乡村、很随意。

她不知道，自己已经晚了。就在仅仅十来天前，胡斐已先遇见了一个女孩：袁紫衣。

初相识的时候，袁紫衣也给了他一件礼物：一只碧玉凤凰。这礼物比小程的蓝花，不知道贵到哪里去了。

胡斐收到玉凤凰的时候是什么反应？"呆了半晌"，"把玉凤凰拿在手中"，"思潮起伏"，心里激情演绎了一万字的剧本。

而他收到蓝花的时候呢？"道了声谢，顺手放在怀内。"金庸这个词用得好——顺手。

玉凤凰的特点是浪漫、美貌。它有什么实际用途呢？没有，然而可以撩他，让他想自己。

蓝花却有大用处，可以解毒，保护他平安。但可惜的是，胡斐先遇到了美貌的。

张爱玲讲，男人心里有一朵红玫瑰、一朵白玫瑰。胡斐早一心扑到了红玫瑰上。

他和袁紫衣在一起的时候，荷尔蒙满满，对手戏极足。她忽喜忽嗔，套路百出，让他跟在屁股后面团团转。

她嗔的时候，可以拿鞭子抽他，"小子胡说八道，我教训教训你"；软的时候可以"火光映照之下，娇脸如花，低语央求"；豪迈的时候可以"胡大哥，今日难得有兴，咱们便分个强弱如何"。

在红玫瑰身边，他嗨、爽、刺激。

可是和程灵素在一起呢？他敬、怕、自愧不如。

认识程灵素之前，他是什么心态？少年英雄，锋芒初露，才不过十八岁，就连江湖顶级大佬苗人凤、赵半山都倾心交下，和他们称兄道弟。

就好像一个小伙子创业，才几个月就搞到天价估值，大领风骚，和乔布斯、马斯克天天约吃饭。

他还大包大揽，要去找"毒手药王"给苗人凤治眼病。人家说药王不好请，胡斐怎么回答的？"软求不成，那便蛮来！"

年轻人，好大的口气。

等到了药王庄，邂逅程灵素，他才知道自己幼稚了。还"蛮来"？他简直一天都活不下去。

在程灵素面前，不要装成功人士。你武功高又怎么样？少年得志又怎么样？你爹是胡一刀又怎么样？小姑娘完全不放在眼里，一努嘴：给我去挑粪、浇花。

胡斐还拼命维持着优势心态，觉得小姑娘"可怜""贫弱"，"我男子汉大丈夫"，帮她挑个粪那叫做慈善。

可接下来程灵素的表现，把他的优越感击得粉粉碎。

没有她，他在药王庄寸步难行，刚差点被什么"血矮栗"毒倒了，转眼又险些被什么"醍醐香"麻翻了。当地一个残疾人、一个小孩子都能玩死他。

而程灵素弹指间用毒无形，挥手处邪魔辟易，三个凶神恶煞的师兄、师姐，被她耍得团团转，不堪一击。

更让他有点囧的是，她还对他提了两个要求：不准和人动手，不准你走出我身边三尺之外。

这说明你引以为傲的武功，在这里没什么用，你只有在我身边才是安全的。一直很自信的胡斐，此刻见识到了什么是真正的自信：

我身边三尺之内，天下再厉害的毒物，也不能伤害你。

胡斐本来以为，程家小姑娘只是用毒比自己厉害。不就是化学学得好吗？论语文、数学、外语、政治，我还是比你强嘛！小胡同学暗暗地想。

但他很快又发现自己错了。这个小妹子什么都超过他。

他觉得自己挺豪迈，可程灵素比他更豪迈。在给"打遍天下无敌手"的苗人凤治眼睛时，程灵素毫不含糊，拿起刀针就要下手。

苗人凤和她的上一代明明有仇，又不知道小姑娘的底细——她上过手术台没有啊？是不是实习生啊？有没有治死过人啊？会不会故意害我啊？

苗大侠居然也就眼睛一闭，放松穴道，让她来胡搞。

旁观的胡斐紧张不已，各种不放心，各种挂相。程灵素淡淡一笑，对他说了一句话：

苗大侠放心，你却不放心吗？

这一刻，小程和苗老英雄惺惺相惜、互相辉映，胡斐反而显得矮了一头。

气场上不及小程，那么智商呢？胡斐后来的外号叫"雪山飞狐"，但说实话，程灵素才更像一只飞狐。

前者闯江湖的表现，总体是个冲动愤青。他一出场，你总觉得不太放心，多半要闯出什么祸事。

而程灵素一出场，你就会觉得那么放心、那么可靠。她总是淡淡的、静静的，但天大的事、再恶的敌人，她那瘦瘦小小的肩膀好像都扛得住。

如果不是她，胡斐都不知道死几回了：可能早被"血矮栗""毒砂掌"搞死了，半夜在北京被侍卫追杀了，在"天下掌门人大会"被包围分尸了，或者冒冒失失去搬动马春花的遗体被毒死了……救他的人，全是程灵素。

他对她，是"心中好生感激"，却又"凛然感到惧意"。

这位灵姑娘聪明才智，胜我十倍，武功也自不弱，但整日和毒物为伍，总是……

总是什么？他不知道。我们帮他回答了吧：总是显得我弱爆了！

只要在她身边，自己就注定是那个傻笑着，只会抱着一盆七心海棠的小花，亦步亦趋的小跟班。

胡斐毕竟不是郭靖。郭靖从小是当惯了傻子的，胡斐当不惯。他给自己的人设，乃是智勇双全。程灵素让他显得既不够智，又不够勇。

那一天，胡斐终于向程灵素说：我们结拜兄妹好吗？

说出这句话之前，金庸写了一笔胡斐的神情："不敢朝她多看。"

程灵素的回应，书上是两个字——"爽快"，跳下马来，撮土为香，双膝一屈，跪在地上。

于是，官道旁、长草边，两人相对磕头行礼。她变成了"二妹"。一个男人的枷锁解除了，一个少女的爱情幻灭了。

接下来，程灵素怎么对待这个"不敢朝自己多看"的男人？她也有伤心，也有怨艾，但最终的选择是一句话：我爱你，与你无关。

你喜欢谁，那是你的事。但我身边三尺之处，仍然是你最安全的地方。

看看从湖北到北京一路上，程灵素做的事情：

　　"胡斐将酒倒在碗里便喝。程灵素取出银针，要试酒菜中是否有毒。"

　　"胡斐次晨转醒，见自己背上披了一件长袍，想是程灵素在晚间所盖。"

　　"程灵素叫胡斐试穿，衣袖长了两寸……于是取出剪刀针线，便在灯下给他修剪。"

　　直到最后，胡斐中了剧毒，程灵素帮他吸出，用他的血毒死了自己。

　　我对自己的爱负了责。我用尽全力，护送你到了最远的地方。

　　每次读到这里，都希望这一幕不是真的，时光可以倒流，退回到过去她最耀眼、最光彩四射的时候。

　　那一夜，她手拿金针，气定神闲，正给天下无敌的苗人凤治眼睛。胡斐只能在手术室外探头探脑当看客。

　　当苗人凤再问"姑娘，你贵姓"的时候，她可以再次抿嘴一笑，说"我姓程"。

◇ 爱人不需要能力，走出来才需要 ◇

陷入感情就像中毒，中毒往往是不需要本事的，能不能从一份溃败的感情里走出来才需要本事。

程灵素是一个人气很高的小姑娘，是《飞狐外传》里的女主角，一直很喜欢胡斐，可是胡斐不喜欢她。

两人结伴同行去北京，为了阻断程灵素的感情，胡斐灵机一动——当然是让很多读者深恶痛绝的灵机一动——提出来结拜兄妹，让小程特别委屈地当了妹妹。很多读者都为程灵素抱不平，认为胡斐太不识货，辜负了一个好女生。

有一次，我给一家知名的专车平台做广告，对方想要介绍自家的司机特别安全，能让女乘客踏实乘坐，一路上什么都不会发生，我就拿胡斐来做的广告，说这家的司机就像胡斐一样安全，陪你去北京，一路上什么都不会发生。

小时候看台湾版的《雪山飞狐》电视剧，龚慈恩演的程灵素特别美，还记得她在药王谷出场亮相的那一幕，真是美极了。后来看了小说才知道，程灵素一点都不美，她营养不良、发育不好，明明十七八岁了，但看上去还只有十三四岁的样子，而且头发枯黄、脸有菜色，皮肤也不好。

可以感觉到程灵素在感情上挫败感特别强，别的什么她都可以努力，唯独童年营养不好、长相不好，这让她如何努力？肯定是加倍地忧伤。

对胡斐的感情，程灵素一直没有走出来。可以说，胡斐提出来结拜兄妹的时候，她的心就受创了，一直到人生最后这个伤口也没愈合。程灵素的死有赌气的成分，她为胡斐吸毒血死了，似乎也是在对胡斐说，你不喜欢我，我就为你死了，让你知道自己错过了多么珍贵的东西。

程灵素等于是中了毒。她自己就是用毒的高手，却中了情感的毒。人陷进感情的旋涡里是没有道理可讲的。不要说一个情窦初开的小姑娘，哪怕是花花公子、超级流氓，也有可能被感情击中。这个毒没有道理可讲，难以避免。

中毒是不需要理由的，也是不需要本事的，然而能不能从一份溃败的感情里走出来，需要本事。

换句话说，爱上别人不需要能力，走出一份爱需要能力。

程灵素没有这个能力。中了情毒，一头扎进去，非但不设法解毒，自己还不断加大剂量，终于无药可解。

对于失败的爱情，最好的解药是什么？最关键的两种，一个叫经验，一个叫时间。

先来说经验，谈恋爱是要经验的。感情这事有点像习武，要有实际操作，多打几个沙包。王语嫣背得出再多武功秘籍也不能打就是这个道理。天资再聪明、再机灵，明白再多的道理，不真正多接触几个异性，最后也会变成什么都很行，唯独面对感情不行的程灵素。

有的女孩子不谈恋爱，好像是为了博一把大的，博一个对的，把劲儿攒着，想一把就中。这不一定对。要是经验不够，就算遇到了那个所谓"对的"，很有可能也会屁胡。

程灵素就是典型的没经验。她从小在药王谷长大，师父是鼎鼎大名的毒手药王，学识渊博，教了程灵素很多东西，下毒治病、武功内力，都可以教，可惜却教不了感情。

看看程灵素三个师兄、师姐的糟糕情感经历，就知道药王师父教不了感情，那真是惊心动魄的相爱相杀。师妹薛鹊苦恋大师兄慕容景岳，居然毒死大师兄的妻子；而慕容景岳为妻复仇，用毒药将薛鹊毁容，变成残疾；然后薛鹊嫁给了二师兄姜铁山，大师兄却又来纠缠。三个人没有一个懂得怎么去爱的。他们都很渴望爱，但是都爱而不得其法，全是悲剧。

药王师父教不了，师兄师姐们又没有好的示范、程灵素作为最小的师妹，自然也缺少面对一份感情的经验。

除了没有经验，程灵素也没有时间来治愈情伤。

她跟胡斐相处的时间其实很短暂，从药王谷走到北京，她就死了。这其中虽然经历了许多风雨坎坷，给人感觉时间很长，可实际上并不长。

一路上，程灵素一直在跟胡斐赌气，也在跟自己赌气，没有时间去思考，没有时间换换脑子，好好琢磨一下这份感情。

以她的灵性，假如有充裕一点的时间，她很可能会慢慢察觉胡斐其实不适合自己。

胡斐好胜要强，不大能接受女朋友强过自己，而程灵素机智、灵敏都强过他。而且胡斐还疑心重，有时信不过程灵素。程灵素给大侠苗人凤治眼睛，苗人凤本人都毫不担心，将眼睛大胆给她治，反倒是旁观的胡斐担心得很，总怕程灵素暗中使坏。

胡斐还特别看重相貌，喜欢的都是美女，从情窦初开的马春花、相互暧昧的袁紫衣，到最后一见钟情的苗若兰，个个都是美女。程灵素偏偏不美。

我倒觉得更适合程灵素的是郭靖这种类型的。对郭靖而言，伴侣的聪明绝对不会成为负担，他没那么敏感好胜。郭靖也更加地信人不疑，对程灵素不会那么怀疑、生分。此外，郭靖还不是所谓的颜值控。

初和黄蓉见面的时候，黄蓉不过是个邋里邋遢的小叫花子，郭靖一样大把银子使着，貂裘宝马送着。黄蓉一个小纸条，他就直接赶去见面。郭靖对容貌的美丑更迟钝一些，更善于体会两个人相处那种舒服的感觉。

如果程灵素能多经历一两次恋爱，有多一点时间来慢慢梳理、缓解，一定会明白真正适合自己的人是什么样的。奈何天意不怜幽草，她爱得太快，死得太早，没有时间了。

她的人生，很像一个隐喻。当年，师父毒手药王有一个规矩：不能使用没有解药的毒药。

凡是无药可解的剧毒，本门弟子决计不可用以伤人。
对方就是大奸大恶，总也要给他留一条回头自新之路。

程灵素一直谨记师父的教诲，不使用没有解药的毒药。七心海棠无药可解，所以她就一直不使用。结果自己中了一种几乎无解之毒，就是爱情。而这种毒，师父从没有教过。

符敏仪

混职场，最难的是什么？

◇ 上司不明确表态怎么办 ◇

对一些人而言，马屁功还不是最重要的，更重要的是避责功。做任何事情，先想好怎么能不背锅，就算万一出事，板子打的永远是对面老王。

混职场，最难的是什么？有人说：揣摩领导心意。

这个回答不错，已经很接近正确答案了，但还不是最准确的。更难的是另一点：当你实在揣摩不出领导的心意时，或者说领导偏就不让你揣摩心意时，办事还必须不犯错、不落把柄。这才是最难的，也是最考验人的。

来看《天龙八部》里的一个例子，在女上司心意极其不明朗的情况下，一伙下属公司的员工是怎么做到趋利避害的。

书中有一章，段誉和一个叫无量洞的门派发生了一些争执、龃龉，被无量洞的人给抓了起来。

按照常理，段誉不过是旁人眼中一个闲杂社会青年，不会武功，貌似没什么背景，随便处置一下便是，打一顿放了，或者再狠恶一点，一刀杀了丢到河里，当作失踪人口，都是常规操作。

此时，一个小意外发生了。无量洞的上级公司——天山集团正好派了人来视察，带队的女领导叫符敏仪，头衔是"圣使"。

这个上面来的领导年纪很轻，才二十多岁，相貌气质俱佳，可有个问题，就是脾气不好、作风粗暴，张口骂人闭口打人，无量洞的下属们压力都很大。

但让人出乎意料的是，这位上司见了被俘的段誉，也不知道是什么缘故，偏偏态度不坏，甚至颇为客气，并未恶语羞辱之，还呼之为"段相公"。

这样一来，底下的人就挠头了。作为下级，无量洞的人必须做出决定——现在拿这个俘虏段誉怎么办？

这件事，难就难在领导没有半点明示暗示。是继续关？还是放？还是杀？谁都不知道。

倘若符圣使明确表态了，例如说"把段公子放了，请他沐浴更衣，本座要和他聊聊茶花种植技术"，又或者反过来说"老娘最看不惯婆婆妈妈的小白脸，杀"，那都很好办。

又或者符圣使说"段相公怎么饿瘦了？平时给人吃的什么玩意儿"，那也好办，赶快搞好伙食，四菜一汤、水果酸奶，善加款待就是。

可现在的问题是，符圣使除了叫人几声"段相公"，别的指示一概没有，双方简单聊完就散了，领导还是领导，俘虏还是俘虏。

你还绝不能去胡乱脑补。叫几声"段相公"就是对段誉有意思吗？万一她只是尊重读书人呢？万一只是当时股市涨了她心情好呢？要是自作主张，把段相公放了，甚至是拉到圣使面前去聊茶花种植，结果人家领导不是那个意思，说你自作主张，怒将起来，那如何是好？

在职场上，有些人就属于拍马屁不考虑后果，胆子大、路子野，喜欢去赌领导的心意。其实这样不好，出错的概率很大。

眼下唯一稳妥的选择，是必须在完全拿不准圣使真实心意的情况下，把这件事办得滴水不漏，不管将来出现什么情况，自己都能交代得过去。

小说中，无量洞可是煞费苦心。

首先，这个小白脸段誉就不能杀。无量洞的人想得很清楚，原话是：

要是符圣使有一天忽然派人传下话来："把段相公送上灵鹫宫来见我。"咱们却已把这姓段的小白脸杀了，岂不是糟天下之大糕？

同理，段誉也不能放。如果放了，上级到时要人，岂不是一样倒霉？

选择只剩下一条：关，一直关下去，永远关下去，时刻准备着，必须保证上级什么时候要，咱们就什么时候有人。

所以，段誉就这样稀里糊涂地被一直关了下去，要从小白脸关成老白脸。

在门派里，有的年轻小师弟对此还不大理解，问了师兄一个很天真的问题：就这样一直关着这货？

原话是：

要是符圣使从此不提，咱们难道把这小白脸在这里关上一辈子，以便随时恭候符圣使号令到来？

对于这个问题，师兄的反应很有意思："笑道：'可不是吗？'"

师弟提的这个问题，是典型的年轻同志的问题；而师兄的那个笑，是典型的老同志的笑。

年轻同志的这种疑惑，很典型，很有代表性。他觉得仅仅就因为一个极无厘头的原因，把人平白无故关一辈子，太荒诞，说出去也不好听。再说了，养一辈子，管吃管喝，成本也太高，着实浪费。怎么能做这么无理又浪费的事呢？

所以，师兄听了就笑起来。师兄早已经悟透了，荒诞不荒诞、浪费不浪费，在重大的风险面前都是可以忽略的。反正浪费的资源是门派的，损害的名声也是门派的，可万一事没办妥，留了隐患，那打的可是自己的屁股！

除了以上问题，无量洞还要把握好一个环节：

关段誉的时候，具体给他什么样的生活待遇？这也是非常考验水平的。用一句话概括就是：对他既不好又要好，既好又要不好。

来解释一下其中的微妙之处。首先，你必须对他不好。

有些头脑简单之辈，一看领导对段誉和气，就大搞优待，乃至于天天按摩洗脚、给红烧肉吃，当爷供着。这就属于踩了红线、做过了界的，会给自己惹下无穷隐患，搞不好到时候要担责任背锅。

段誉眼下是什么身份？仍然是敌人、俘虏、问题分子。上级有明确表示特别优待他吗？没有！有明确表示他不是坏分子吗？更没有！须知无论什么时候，做工作都是方向正确第一。对敌人，你能好吗？难道连敌我都分不清了吗？

那么，对段誉不好，就可以猛整、狂虐、搞残他吗？那也不行。人家可是圣使口中的"段相公"，搞不好以后变成段兄、段甜心、段欧巴的。万一上面又要人，你交上去一个面黄肌瘦、半死不活，被折磨得人不像人、鬼不像鬼的段相公，不想活了？

所以金庸写得妙，在小说中，段誉被关押的那些天受到的待遇就特别有意思，就是典型的既好又不好，既不好又好。

一方面，段誉被人凶、被训斥，还被威胁要打嘴巴子：

> 再要吵吵嚷嚷，莫怪我们不客气。你再开口说一句话，我就打你一个耳刮子。

住的地方也条件一般，"房中陈设简陋"，绝没有搞成豪华酒店。这就属于我说的"对他不好"。

可另一方面，段誉又享受了相当的优待。房子虽然不奢华，但家什器物很齐备，"有床有桌"，而且"开间宽敞"，绝不是那种马桶放在脑袋边、拿砖头当枕头的恐怖号子。

伙食也尚可：

> 睡不多久，便有人送饭来，饭菜倒也不恶。

睡不多久便送饭，说明没有饿着段誉；饭菜不恶，说明伙食开得不错，估计也有些番茄炒蛋、青椒炒肉之类。这就属于我说的"对他好"。

如此一来，日后不管上面的风向口径怎么变，领导意图是什么，段誉是否能咸鱼翻身，自己都没毛病，都说得过去。你可以说自己一直以来都在对"段相公""段欧巴"优待关照、人道对待，也可以说一直都对"段人渣""段狗屎"严加惩治、毫不手软。

一般外行人看职场，总觉得"拍马屁"最重要。其实不然，"马屁功"并不是安身立命的根本。和"马屁功"相比，更关键、更基础的是另外一门功夫——避责功，就是做任何事情，先想好怎么能不背锅；不管将来风向怎么变，自己的工作都讲得通，没大毛病，板子打的永远是对面老王。

从"段相公"这件事情的处理上看，无量洞真的挺有前途。

金庸为什么叫他们无量洞？因为真的是前途无量啊！